플랜더스의 개

플랜더스의 개

초판 1쇄 발행 2021년 2월 25일
초판 4쇄 발행 2022년 11월 21일

지은이 위다
옮긴이 김영진
펴낸이 남기성

펴낸곳 주식회사 자화상
인쇄,제작 데이타링크
출판사등록 신고번호 제 2016-000312호
주소 서울특별시 마포구 월드컵북로 400 서울산업진흥원 201호
대표전화 (070) 7555-9653
이메일 sung0278@naver.com

ISBN 979-11-91200-19-5 00840

플랜더스의 개

위다 지음 | 김영진 옮김

자화
상

차례

플랜더스의 개 ····························· 009

뉘른베르크의 난로 ······················ 089

작품 해설 ······························ 213

작가 연보 ····························· 218

플랜더스의 개

넬로와 파트라슈는 세상에 단둘이 남겨졌다. 그들은 형제자매보다 더 가까운 친구 사이였다. 아르덴(프랑스와 접한 벨기에의 삼림 지대)에서 태어난 넬로는 몸집이 작았고, 플랜더스(벨기에 서부, 프랑스 북부, 네덜란드 남서부를 포함하는 지방) 혈통인 파트라슈는 덩치가 컸다. 둘은 살아온 햇수로 치자면 나이는 같았지만 한 명은 아직 어렸고 한 마리는 벌써 늙어버렸다.

둘은 늘 함께 지냈다. 둘 다 고아였고 궁핍했으며 같은 사람에게 삶을 의지하며 함께하게 되었다. 둘의 인연은 날이 갈수록 끈끈해져서 어느새 떼려야 뗄 수 없는 사이가 되어 서로를 깊이 사랑하기에 이르렀다.

넬로와 파트라슈는 플랜더스의 작은 마을 끝에 있는 조
그만 오두막에 살았다. 안트베르펜(벨기에 북부의 항구 도
시)에서 5킬로미터 정도 떨어져 있는 플랜더스 마을은 드
넓은 초원과 옥수수밭 가운데에 자리하고 있었다. 마을을
가로지르는 커다란 운하를 따라 포플러와 오리나무가 죽
늘어서서 바람에 흔들렸다. 마을에는 스무 채 정도의 집과
농가가 있었는데 덧문은 밝은 초록색이거나 하늘색이고
지붕은 붉은 장밋빛이거나 검은색 또는 흰색이었다. 회반
죽을 바른 벽은 햇빛을 받아 눈처럼 하얗게 빛났다.

마을 한가운데에는 이끼가 살짝 긴 언덕 위로 풍차가
서 있었다. 그것은 특별히 눈에 띄는 것 없는 시골에서 하
나의 이정표 역할을 했다. 약 반세기 전, 나폴레옹의 군대
를 위해 밀을 빻던 시절에는 날개까지 온통 주홍색이었지
만 이제는 바람과 햇빛에 쓸려 적갈색이 되었고 나이 들어
뻣뻣해진 관절처럼 괴상하게 삐걱댈 때도 있다. 하지만 마
을 사람들은 그곳에서 모두 밀을 빻았다. 곡식을 다른 곳
으로 빻으러 가는 일은 마치 불경한 일을 저지르는 것과

같았다. 풍차 맞은편의 원뿔 모양 첨탑이 있는 작고 오래된 회색 성당에서 기도를 드리는 것처럼 자연스런 일이다.

교회의 종은 저지대 국가(벨기에, 네덜란드, 룩셈부르크 등 지대가 낮은 해안 지역)에 있는 모든 종소리가 다 그러하듯 묘하게 가라앉은 공허한 슬픔을 자아냈다. 넬로와 파트라슈는 태어나면서부터 지금까지 성당의 여리고 감성적인 종소리를 들으며 마을 언저리에 있는 작은 오두막에서 살았다.

오두막 앞에는 잔잔한 바다처럼 드넓은 초원이 펼쳐져 있었고, 쫙 펼쳐진 밀밭 너머 북동쪽으로는 안트베르펜 성당(벨기에서 가장 높은 첨탑이 있는 노트르담 성당)의 우뚝 솟은 첨탑이 보였다. 오두막에는 '예한 다스'라는 몹시 늙고 가난한 노인이 살고 있었다. 젊은 시절에 군인이었던 그는 황소가 고랑을 뭉개듯이 자신들의 땅을 짓밟던 전쟁을 기억하고 있었다. 전쟁터에서 상처만 입고 빈손으로 돌아온 그는 전쟁에서 절름발이가 되었다.

예한 다스가 여든 살이던 해, 작은 도시 아르덴의 스타벨로 근처에 살던 딸이 두 살짜리 손자 니콜라스를 남기고 죽었다. 노인은 자기 몸 하나 건사하기도 버거운 형편이었지만 묵묵히 자신에게 주어진 짐을 받아들였고, 니콜라스는 곧 그에게 고맙고 소중한 존재가 되었다. 애칭 '넬로'로 불리는 니콜라스는 무럭무럭 자랐다.

비록 볼품없고 작은 오두막이지만 할아버지와 넬로는 만족하며 살았다. 오두막은 그야말로 초라하고 조그마한 흙집이었다. 하지만 조개껍데기처럼 하얗고 깨끗했으며 콩, 허브, 호박을 심은 작은 텃밭도 있었다.

할아버지와 넬로는 찢어지게 가난해서 아무것도 먹지 못한 채 보내는 날도 많았다. 풍족하게 먹어본 적이 없었다. 양껏 먹을 수만 있다면 그곳이 천국 같았을 것이다. 하지만 할아버지는 아이를 더없이 다정하게 보살폈고, 아이는 아름답고 순수하고 정직했으며 마음씨도 고왔다. 두 사람은 빵 한 조각이나 양배추잎 몇 장에도 행복했고, 그 이상을 원하지도 않았다. 다만 파트라슈가 늘 그들과 함께하기를 바랄 뿐이었다. 파트라슈가 없었다면 이 두 사람이 과연 어떻게 살 수 있었을까?

파트라슈는 두 사람에게 전부였다. 보물이자 곳간이었

고 금덩이가 든 금고이자 돈을 부르는 마법의 지팡이였다. 생계 수단이자 일꾼이었고 위안을 주는 유일한 친구였다. 파트라슈가 죽거나 떠나면 할아버지와 넬로도 몸져누워 죽을 것이다. 파트라슈는 두 사람의 몸이자 목숨이며 영혼이었다. 예한 다스 할아버지는 다리를 저는 노인이었고 넬로는 어린아이였기 때문이다. 파트라슈는 그런 두 사람의 소중한 개였다.

플랜더스 지방의 개는 누런 털에 큼직한 머리와 다리, 늑대처럼 꼿꼿이 선 귀를 가졌으며 조상 대대로 힘든 일을 한 탓에 근육이 발달하였고 다리는 튼튼했으며 발바닥은 넓적했다. 파트라슈는 사람들을 위해 한평생 고통스럽게 수레를 끌며 고된 일에 시달리어 차가운 거리에서 죽음을 맞는 플랜더스 지방 개들의 운명을 이어받았다.

파트라슈의 부모는 여러 도시의 울퉁불퉁한 돌길과 동플랜더스와 서플랜더스 그리고 브라반트(현재 벨기에의 수도인 브뤼셀에 있는 지방)의 길고도 그늘 하나 없는 길을 걸으며 평생 고된 일을 하던 개였다. 파트라슈는 태어날 때부터 고통과 고된 일 외에 다른 것은 물려받지 못했다. 사람들에게 욕을 얻어먹으면서 자랐고 매질 세례를 받았다. 파트라슈는 기독교도의 나라에서 살았지만, 그는 단지 개일 뿐이었다. 파트라슈는 완전히 자라기도 전에 이미 수레의 무게와 멍에의 쓰라림을 배웠고, 태어난 지 채 13개월이 안 되어 북쪽에서 남쪽으로, 푸른 바다에서 초록빛 산까지 돌아다니는 한 철물상의 개가 되었다.

파트라슈는 너무 어리다는 이유로 헐값에 팔리고 말았다. 새 주인은 술주정뱅이에 짐승 같은 사람이었다. 파트라슈의 삶은 지옥과 다름없었다. 하느님의 피조물인 동물에게 지옥의 고통을 주는 것은 기독교도들이 자신들의 믿음을 보여주는 하나의 방법이었다.

파트라슈를 산 브라반트 사람은 무뚝뚝하고 못되고 난폭했다. 그는 수레에 주전자, 프라이팬, 커다란 병, 양동이, 도기류, 놋그릇, 양철로 만든 그릇을 가득 실은 뒤 파트라슈에게 끌게 했다. 파트라슈가 온 힘을 다해 수레를 끄는 동안, 그는 옆에서 검은색 담배 파이프를 물고 빈들빈들 걷다가 술집이나 찻집이 보일 때면 꼬박꼬박 들르곤 했다.

다행인지 불행인지 몰라도 파트라슈는 매우 튼튼했다.

그런 잔혹하고 고된 노동에도 견딜 수 있는 강철 같은 핏줄을 타고났다. 그래서 파트라슈는 죽지 않았고 무지막지하게 실린 짐수레를 끌며 채찍질에 살이 벗겨지고 허기와 목마름의 고통 속에 매질과 욕지거리를 들으며 기진맥진해도 용케 죽지 않고 비참한 삶을 이어갔다.

네발짐승 중에서 가장 인내심이 강하고 근면한 개에게 플랜더스 사람들이 주는 유일한 품삯은 매질과 욕지거리였다. 이런 끔찍한 고통 속에서 2년의 세월을 보내던 어느 날의 일이었다. 파트라슈는 평소처럼 루뱅(벨기에 중부 브라반트주에 있는 도시) 방향으로 향하는, 먼지가 풀풀 날리는 길을 걷고 있었다. 한여름이라 날은 찜통처럼 더웠고 철물과 질그릇이 높이 쌓인 수레는 끔찍하게 무거웠다. 주인은 파트라슈의 후들거리는 허리에 채찍질할 때 말고는 신경도 쓰지 않은 채 어슬렁어슬렁 걷고 있었다.

자신은 도로변에 술집이 나타날 때마다 들러서 맥주를 마시면서 파트라슈에게는 운하에서 물 한 모금 마실 시간도 주지 않았다. 파트라슈는 온종일 아무것도 먹지 못한 채 땡볕 아래 이글거리는 도로를 걸었다. 거의 12시간 가까이 혀 한 번 축이지 못한 채였다. 먼지로 눈앞이 뿌옜고 매질당한 곳은 욱신거렸으며 허리에 걸린 수레의 무자비한 무게는 몸을 마비시키는 것 같았다. 그렇게 계속 걷던 파트라슈도 이번만큼은 견디지 못하고 비틀거리다가 입에 거품을 물고 쓰러져버리고 말았다.

파트라슈는 작열하는 태양 아래 하얀 먼지가 이는 길 한가운데에 쓰러졌다. 죽을 만큼 고통스러워 움직일 수가 없었다. 주인은 자신의 약통에 있는 유일한 약을 꺼냈다. 그것은 바로 발로 차고 욕설을 내뱉으며 참나무 몽둥이로 매질을 하는 것이었다. 그 약은 파트라슈에게 주는 유일한 먹이이자 물이자 품삯이자 상이었다.

하지만 파트라슈는 이미 어떤 고통과 욕설도 닿을 수 없는 곳에 있었다. 여름날 희뿌연 먼지를 뒤집어쓰고 누워서 죽음이 다가오기만을 기다렸다. 한동안 개의 갈비뼈를 발로 차고 귀에다 욕설을 퍼붓던 주인은 소용없음을 깨달았다. 개의 생명이 사라지고 있었다. 누군가 개의 가죽을 벗겨서 장갑으로 만들지 않는 한 아무짝에도 쓸모가 없다고 생각했다. 주인은 작별 인사로 욕을 한 바가지 쏟고는 수레에서 멍에의 가죽끈을 떼어내더니 수풀 쪽으로 파트라슈의 몸뚱이를 세게 걷어찼다. 그러고는 미친 듯이 화를 내며 투덜대더니 죽어가는 개는 개미와 까마귀가 뜯어 먹도록 남겨둔 채, 수레를 끌고 느릿느릿 언덕을 올라갔다.

그날은 루뱅에서 장이 서는 축제일 바로 전날이었다. 주인은 시장에서 좋은 자리를 잡으려고 서둘러 짐을 가득 실은 수레를 끌고 갔다. 힘세고 참을성 많던 파트라슈 없이 혼자 힘으로 수레를 끌고 루뱅까지 힘겹게 가야 했기 때문에 그는 분통이 터졌다. 남아서 파트라슈를 돌보아야겠다는 생각은 전혀 없었다. 어차피 그 짐승은 죽어가서 이제 쓸모가 없어졌다. 그는 주인 없이 혼자 돌아다니는 큰 개를 발견하면 훔쳐다가 파트라슈를 대신해 수레를 끌게 할 심산이었다. 사실 파트라슈도 거의 거저 부린 셈이다. 2년 동안 해가 뜰 때부터 질 때까지, 여름부터 겨울까지, 좋은 날씨나 궂은 날씨나 혹독하게 부렸으니 말이다.

파트라슈는 꽤 쓸 만했고 그 덕에 돈도 많이 벌었다. 하지만 그는 그저 냉철한 인간이었다. 홀로 도랑에서 마지막 숨을 내쉬는 개의 충혈된 두 눈이 새들에게 뽑아 먹히

게 내버려둔 채, 루뱅의 축제에서 구걸하고 훔치고 먹고 마시며 춤추고 노래할 생각에 발길을 재촉했다. 고작 짐수레를 끄는 개 한 마리의 죽음 때문에 시간을 낭비할 이유가 어디 있단 말인가.

파트라슈는 수풀 도랑에 던져진 채로 누워 있었다. 그날따라 길은 부산했다. 수많은 사람이 걷거나 노새, 마차, 수레를 타고 즐거워하며 루뱅으로 향하고 있었다. 그중에 몇몇은 파트라슈를 보았지만, 대부분은 보지도 못한 채 지나쳤다. 죽어가는 개는 브라반트에서 아무런 의미도 없었다. 그것은 세상 어디에서도 마찬가지이리라.

한참 후, 축제 참가자들 사이로 기력이 없어 보이는 할아버지가 걸어왔다. 그는 몸집이 작고 등도 굽었으며 발도 절었다. 축제에 가는 것 같지는 않았다. 그는 아주 초라하고 불쌍하게 차려입었고 축제를 즐기러 가는 사람들이 일으키는 먼지 사이를 발을 끌며 느릿느릿 걸었다. 그러다가 파트라슈를 보고 멈춰 섰다. 노인은 잠시 어떻게 된 일인지 생각하더니 길을 벗어나 풀숲 도랑의 잡초 속에 무릎을 꿇고는 안쓰러움과 다정함이 담긴 눈으로 다친 개를 살펴보았다. 노인 곁에는 장밋빛 볼에 짙은 눈동자를 가진 두세 살가량의 금발 머리 아이가 서 있었다. 아이는 자신의 가슴께 높이까지 오는 수풀을 헤치고 오더니 아무런 움직임이 없는 커다란 짐승을 사뭇 진지하게 바라보았다.

조그마한 넬로와 커다란 개 파트라슈는 그렇게 처음 만났다.

결국 예한 다스 할아버지는 죽어가는 개를 들판 가까이에 있는 자신의 허름한 오두막으로 끙끙대며 끌고 와서는 정성껏 돌보았다. 열기와 갈증과 피로로 정신을 잃었던 파트라슈는 그늘에 누워 어느 정도 휴식을 취하자 체력을 회복했고 건장한 황갈색 다리에 힘주어 비틀거리며 섰다.

몇 주 동안 파트라슈는 아무런 도움도 되지 않았고 힘도 없었으며 다 죽어가는 상태였지만 욕설도 듣지 않고 매질도 당하지 않았다. 대신 안쓰러워하는 듯한 어린아이의 속삭임과 달래는 듯한 노인의 중얼거림을 들었다.

할아버지와 아이는 앓아누운 파트라슈를 세심하게 돌봤다. 파트라슈는 오두막 구석 건초 더미에서 잠을 잤는데, 할아버지와 아이는 어두운 밤이면 파트라슈가 살아 있는지 확인하려고 숨소리에 가만히 귀를 기울였다. 조금 기운을 차린 파트라슈가 힘없고 갈라진 목소리로 컹컹 짖자 두 사람은 파트라슈의 회복을 확신하며 크게 웃었다. 파트라슈가 확실히 건강을 되찾았을 때는 눈물을 흘릴 만큼 기뻐했다. 어린 넬로는 크게 기뻐하며 개의 다부진 목에 마거리트 꽃을 엮어 둘러주었다. 그러고는 파트라슈의 목을 껴안은 채 보드랍고 붉은 입술로 키스했다.

파트라슈는 조금 수척해지기는 했지만 강하고 다부진 모습으로 다시 일어났다. 그동안 일어나라고 욕하는 사람도 없었고 수레를 끌라고 매질하는 사람도 없었기에 파트라슈의 슬퍼 보이는 커다란 눈망울에는 잔잔한 놀라움이 어렸다. 파트라슈의 마음속에서는 커다란 사랑이 피어났고, 목숨이 다하는 날까지 할아버지와 아이에게 충성하겠다고 마음먹었다.

파트라슈는 개였지만 고마워할 줄 알았다. 엎드린 채 갈색 눈으로 할아버지와 아이의 행동을 그윽하게 바라보며 오랫동안 생각에 잠겼다.

조금 형편이 나은 이웃들은 젖소를 키웠는데, 한때 군인이었지만 다리가 불편한 할아버지로서는 매일 이웃들의 우유통을 수레에 실어 안트베르펜까지 날라다 주는 일 말고는 할 수 있는 일이 없었다. 마을 사람들이 그를 가엾게 여겨 일감을 준 것이지만, 더 정확하게는 정직한 할아버지에게 우유 배달을 맡기고 자신들은 집에서 정원을 가꾸거나 소, 닭, 오리를 돌보거나 텃밭을 일구고 싶어서였다. 우유 나르는 단순한 일이라도 할아버지로서는 힘에 부쳤다. 그는 여든세 살이었고 안트베르펜까지 5킬로미터 거리를 운반해야 했기 때문이다.

수레의 가죽끈 때문에 생긴 목의 상처가 아직 아물지 않았지만 제법 건강해진 파트라슈는 햇살 아래 엎드린 채 우유통이 들락날락하는 모습을 유심히 지켜보았다.

다음 날 아침 파트라슈는 할아버지가 오기 전에 먼저 수레로 가서 손잡이 사이에 자리를 잡고 섰다. 이제껏 자신을 보살펴준 보답으로 일하고 싶고, 또 잘할 수 있다는 뜻을 몸으로 분명히 전했다. 예한 다스 할아버지는 오래 망설였다. 할아버지는 자연의 섭리를 거스르면서 개에게 멍에를 메우는 일은 부끄러운 짓이라고 여겼기에 한참을 마다했다. 하지만 파트라슈는 물러서지 않았다. 할아버지가 자신에게 멍에를 메우려 하지 않자 파트라슈는 이빨로 수레를 끌려고 했다.

결국 할아버지는 자신을 보살펴준 보답을 하려는 파트라슈의 마음을 받아들였다. 그는 파트라슈가 끌 수 있게 수레를 손보았고, 이후 매일 아침 우유통을 나르는 일은 파트라슈가 하게 되었다.

겨울이 다가왔다. 예한 다스 할아버지는 루뱅의 축제 날 도랑에서 죽어가던 개를 구한 일이 축복과도 같은 행운이었다며 감사했다. 그는 나이가 많았고 해가 갈수록 쇠약해지는데, 힘세고 부지런한 동물 친구 파트라슈가 아니었다면 바퀴가 푹푹 빠지는 진흙탕 길이나 눈길에서 우유통이 가득 실린 수레를 끌지 못했을 것이다. 파트라슈에게도 역시 천국 같은 나날이었다. 옛 주인과 함께 있을 때는 엄청난 무게의 짐을 끌고 걸을 때마다 후려치는 채찍질을 당해야 했다. 그에 비해 할아버지는 언제나 쓰다듬어주고 칭찬해주었다. 그런 할아버지 곁에서 빛나는 놋쇠 병이 든 작고 가벼운 초록색 수레를 끄는 일은 즐거운 놀이나 다름 없었다. 게다가 일은 오후 3~4시면 끝났고 이후 시간에는 무엇을 하든 자유였다. 햇살 아래서 낮잠을 자거나 들판을 돌아다니거나 어린 넬로와 뜀박질을 하거나 다른 개들과 놀아도 좋았다. 파트라슈는 더없이 행복했다.

그의 옛 주인이 메헬렌(벨기에의 도시 중 하나)의 축제에 서 술에 취해 싸우다가 죽은 사건은 파트라슈에게 있어 다행스러운 일이었다. 사랑이 가득한 새 보금자리에 사는 파트라슈를 찾아다니거나 귀찮게 할 사람은 이제 아무도 없었다.

몇 년 후, 절뚝거리며 걷던 할아버지는 류머티즘으로 다리가 굳어져 더는 수레를 끌고 나설 수 없게 되었다. 여 섯 살이 된 넬로가 할아버지의 수레를 맡게 되었다. 그동 안 할아버지와 함께 자주 다녀서 시내를 잘 알고 있던 넬 로는 우유를 팔고 돈을 받아서 우유 주인들에게 가져다주 는 일을 예의 바르고 성실하게 해냈다. 사람들은 그런 넬 로를 모두 사랑스러워했다.

어린 아르덴의 꼬마 넬로는 생김새가 아주 예쁘장했다.

진지하고 부드러운 까만 눈동자에 볼은 발그레했으며 금발은 목까지 넘실거렸다. 많은 화가가 넬로와 파트라슈의 모습을 스케치했다. 커다란 우유통을 실은 초록색 수레, 목줄에 달린 방울을 딸랑거리며 걸어가는 커다란 황갈색 개, 작고 하얀 발에 커다란 나막신을 신은 채 루벤스의 그림에 나오는 천진한 아이처럼 온화하고 의젓한 얼굴로 그 옆을 달리는 작은 아이. 둘은 테니르스, 미리스, 반 탈의 그림에 나올 것 같은 모습이었다.

넬로와 파트라슈는 아주 즐겁게 일했다. 다행히 여름이 되자 예한 다스 할아버지의 몸이 많이 나아졌다. 하지만 다시 일하지 않아도 되었다. 그저 문 옆 양지바른 곳에 앉아서 넬로와 파트라슈가 정원의 쪽문으로 나가는 것을 지켜보았다. 꾸벅꾸벅 졸기도 하다가 비몽사몽 꿈을 꾸기도 하다가 또 짧은 기도를 하다가 괘종시계가 종을 세 번 치면 정신을 차리고는 넬로와 파트라슈가 돌아오는 모습을 지켜보았다.

집에 돌아오면 할아버지가 파트라슈의 가죽끈을 풀어주었다. 파트라슈는 기뻐서 컹컹 짖으며 몸을 흔들었고,

넬로는 자랑스럽게 그날 있었던 일을 할아버지에게 들려주었다. 그런 다음 셋은 다 같이 안으로 들어가서 호밀빵, 우유, 수프를 먹고, 너른 들판 위로 그림자가 드리우는 모습을 지켜봤다. 그러다가 저녁노을이 성모 대성당의 첨탑에 드리우면 할아버지가 외우는 기도문을 들으면서 평화롭게 잠이 들었다. 그렇게 넬로와 파트라슈는 행복하고 순수하며 건강한 하루하루를 보냈다.

봄과 여름이면 특히 더 행복했다. 플랜더스는 경치가 그리 아름다운 땅은 아니었다. 어쩌면 루벤스의 그림이 있는 도시 중에서 가장 볼품없는 곳인지도 모른다. 구슬픈 종소리가 울리는 뾰족한 회색 탑을 빼면, 아무 특색 없는 평원에 밀과 유채, 목초지와 밭만 지겹도록 펼쳐졌다. 그나마 짚단을 들고 이삭을 줍는 사람들이나 삭정이 묶음을 든 나무꾼이 들판을 오가는 모습이 전부로, 별다른 특색이나 아름다움을 찾을 수 없는 곳이었다. 그래서 산골이나 숲속에 사는 사람들은 끝없이 광활하고 따분한 들판에 갇힌 듯한 압박감과 지루함을 느꼈다.

하지만 땅은 푸르고 비옥했으며 드넓은 들판은 단조로

우나 어떤 매력을 가지고 있었다. 운하 주변의 수풀 속에는 여러 송이의 꽃이 피어 있었고, 여러 그루의 나무도 우뚝 서 있었다. 해를 등진 거대한 바지선들이 커다란 선체를 뒤로한 채 물 위를 미끄러지면 각각의 배에 실린 작은 초록색 통과 펄럭이는 색색의 깃발이 나뭇잎을 배경으로 화려한 풍경을 만들어냈다. 어쨌든 그곳은 넬로와 파트라슈에게는 충분히 즐길거리가 있는 푸르고 아름다운 곳이었다.

둘은 일이 끝나면 운하 옆의 풀숲에 몸을 파묻고 누워서 거대한 선박들이 바다 위를 떠다니는 것을 바라보곤 했다. 배가 실어다 주는 상쾌한 바닷소금 내음이 시골 여름의 꽃향기에 섞여 불어왔다.

하지만 겨울은 힘든 게 사실이었다. 넬로와 파트라슈는 깜깜한 새벽, 살을 에는 추위 속에서 일어나야 했고 끼니를 챙겨 먹는 날이 거의 없었다. 꽃이 피고 열매가 맺는 따뜻한 계절에는 내내 포도가 열린 적은 없어도 포도 넝쿨이 풍성한 초록빛으로 멋지게 뒤덮이는 오두막이 문제 없었지만, 추운 겨울밤에는 헛간보다 나을 게 없었다. 작고 허름한 오두막의 흙벽 사이사이로 겨울바람이 비집고

들어왔고, 포도 넝쿨도 잎이 다 떨어져 까맣게 말라붙었다. 헐벗은 땅은 더욱 황량하고 음울했으며 때때로 집 마룻바닥에 물이 찼다가 그대로 얼어버렸다. 겨울은 힘든 계절이었다. 넬로의 작고 하얀 팔다리는 눈 때문에 얼어붙었고, 용감하고 지칠 줄 모르는 파트라슈도 얼음 조각에 발을 베이었다.

하지만 넬로와 파트라슈는 한탄하지 않았다. 넬로는 나막신을 신고, 파트라슈는 네 다리로 마구에 달린 종소리를 울리며 꽁꽁 얼어붙은 땅을 둘이서 함께 씩씩하게 걸었다. 안트베르펜 거리의 한 아줌마는 종종 둘에게 수프 한 그릇과 빵 한 조각을 주었다. 집으로 돌아가는 길에는 친절한 상인이 난로에 넣을 장작을 작은 수레에 넣어주거나 둘이 배달한 우유를 조금 나눠주기도 했다. 그런 날이면 넬로와 파트라슈는 신이 나서 소리 지르며 해가 일찍 떨어져서 어스름이 진 눈밭 위를 달려 집으로 갔다.

그렇게 넬로와 파트라슈의 생활은 대체로 순조로웠다. 파트라슈는 큰길을 오가며 새벽부터 밤까지 애써 일하면서도 매질과 욕지거리만 듣고 살다가 굶어 죽거나 얼어 죽어서야 고통에서 해방되는 개를 많이 보았다. 그래서 자신의 운명에 감사했으며 이보다 더 멋지고 훌륭한 삶은 없다고 생각했다. 물론 주린 배를 안고 잠자리에 들 때도 많았고, 울퉁불퉁하고 날카로운 길바닥에 부드러운 발바닥이 베이는 일도 많았다. 또 한여름의 땡볕 속에서, 살을 에는 동틀 무렵의 겨울 추위 속에서 일해야 했다. 체력이 강한 파트라슈라도 힘에 부쳤지만 언제나 감사하고 만족해하면서 자신의 임무를 다했다. 그저 자신을 내려다보는 사랑스러운 미소만 있으면 그것으로 충분했다.

하지만 그런 파트라슈에게도 마음에 걸리는 일이 하나 있었다. 안트베르펜에는 웅장한 석조 건물이 있는데, 유서 깊고 장엄한 그 잿빛 건물의 기운이 구불구불한 골목과 선술집 그리고 길목 사이사이와 강가에까지 흘렀다. 종소리가 하늘 높이 울려 퍼졌고, 이따금 건물의 아치문 사이로 커다란 음악 소리가 흘러나왔다. 불결하고 복잡하며 북적대고 사랑스럽지 못하며 장삿속만 챙기는 그 세속의 한가운데에 과거의 거대한 옛 성지가 오롯이 서 있다. 그 성지 위로 온종일 구름이 흘러갔고 새들은 하늘을 날았으며 바람은 한숨을 쉬었다. 그리고 그 석조 건물 아래에 루벤스가 잠들어 있었다.

이 거장의 위대함은 여전히 안트베르펜에 남아 있다. 좁은 거리 어디로 들어서건 그의 영광이 곳곳에 스며 있기에 초라한 모든 것이 장엄하게 변했다. 구불구불한 길을 빠져나와 잔잔한 물가를 지나고, 악취 나는 뒷골목을 천천히 걸을 때도 그 거장의 고결한 정신은 늘 함께했다. 한때 루벤스가 걸어 다니고 그림자를 드리웠던 돌길의 돌멩이가 모두 일어나 생생한 목소리로 그에 대해 이야기하는 듯했다. 루벤스가 잠들어 있는 도시는 여전히 우리에게 생생하게 루벤스를 느끼게 했다.

루벤스가 잠든 희고 웅장한 대리석 무덤은 너무나 고요했다. 오르간 소리가 울릴 때와 성가대가 '여왕이시여, 사랑이 넘치는 어머니'나 '주여, 우리를 불쌍히 여기소서'를 합창할 때 말고는 아주 조용했다. 루벤스의 고향 심장부에 있는 성 자크 성당의 순수한 대리석 성지보다 더 훌륭한 돌무덤에 잠든 예술가는 지금까지 아무도 없을 것이다.

루벤스가 없다면 안트베르펜은 무슨 의미가 있을까?

지저분하고 음침하며 소란스러운 시장일 뿐으로, 부두에서 장사하는 장사치들이 아니면 아무도 거들떠보지 않을 곳이었다. 루벤스가 있었기에 안트베르펜은 온 세상 사람에게 성스러운 이름, 성스러운 땅, 예술의 신이 빛을 본 베들레헴, 예술의 신이 잠들어 있는 골고다(그리스도가 죽은 곳)가 되었다.

이 세상의 모든 나라여! 그대의 위대한 사람들을 귀하게 여겨라. 그들을 통해 나라가 기억되리니! 그 시대 플랜더스 사람들은 참 현명했다. 루벤스는 살아 있을 때 플랜더스의 가장 위대한 자가 되어 도시를 빛냈고, 루벤스가 죽자 이번에는 플랜더스가 그의 이름을 칭송했다. 플랜더스처럼 이렇게 현명한 경우는 드물다.

파트라슈의 근심은 바로 여기에 있었다. 다닥다닥 붙어 있는 지붕 뒤로, 음울하고 웅장하게 솟아 있는 이 위대하고 슬픈 돌무덤 안으로 넬로가 자주 들어가는 것이었다. 넬로가 그 어두운 아치문 안으로 사라지면 그동안 파트라슈는 길 위에 남겨졌는데, 그로서는 도대체 무엇이 자신의 소중한 단짝을 꾀어냈는지 미치도록 궁금할 뿐이었다. 파트라슈는 달그락거리며 우유 수레를 끌고 계단을 올라가서 그게 뭔지 직접 보려고 한두 번 시도했다. 하지만 항상 은색 체인을 두르고 까만 옷을 입은 키 큰 문지기 손에 바로 쫓겨났다. 파트라슈는 어린 주인에게 문제가 생길까 봐 다시 시도하지 않았고, 시간이 되어 소년이 다시 나올 때까지 참을성 있게 성당 앞마당에 엎드려 묵묵히 기다렸다.

파트라슈는 넬로가 성당에 가는 것을 걱정하는 게 아니었다. 사람들이 성당에 다니는 것을 파트라슈도 알고 있었다. 마을 사람들은 모두 작고 허물어가는 붉은 풍차 맞은편에 있는 회색 성당에 다녔다. 파트라슈가 걱정하는 이유는 어린 넬로가 성당에서 나올 때마다 항상 이상해 보였기 때문이다. 홍조를 띠고 있거나 창백했다. 성당에 들렀던 날이면 놀려고 하지도 않고 항상 말없이 앉아서 운하 너머의 노을 진 하늘을 멍하니 바라보며 몽상에 잠겼다. 그 모습은 차분하다 못해 슬퍼 보이기까지 했다.

왜 그러는 것일까? 파트라슈는 궁금했다. 어린아이가 그렇게 심각한 표정을 짓는 것은 자연스럽지 못하고 좋지 않다고 생각했다. 파트라슈는 말은 못했지만, 넬로를 햇살 가득한 들판이나 바쁜 시장으로 데려가려고 나름대로 애썼다. 하지만 넬로는 꼬박꼬박 성당을 찾았다. 그 성당은 성모 대성당이다.

파트라슈는 캥탱 마시(16세기 초 아트베르펜 유파를 창시한 플랜더스의 화가)가 만든 철문 근처의 돌바닥 위에 앉아서 기지개를 켜고 하품을 했다. 한숨을 쉬고 가끔 늑대처럼 울부짖어도 문 닫을 시간이 되어 넬로가 어쩔 수 없이 나올 때까지 속수무책으로 기다릴 수밖에 없었다. 밖으로 나온 넬로는 파트라슈의 목을 껴안으며 넓은 황갈색 이마에 키스했다. 그리고 항상 같은 말을 중얼거렸다.

"파트라슈, 그것들을 볼 수만 있다면 얼마나 좋을까? 그것들을 볼 수 있다면!"

'그것들'이 도대체 무엇일까? 연민과 안타까움이 담긴 커다란 눈으로 넬로를 올려다보며 파트라슈는 생각했다.

그러던 어느 날 성당 문지기가 잠시 자리를 비운 사이에 파트라슈는 넬로를 따라 들어갔다가 알게 되었다. '그것들'은 성가대석 양쪽에 천에 덮인 채 걸린 거대한 그림 두 점이었다.

넬로는 〈성모승천〉이라는 그림 앞에서 무릎을 꿇고 황홀경에 빠져 있다가 파트라슈가 들어온 것을 알아채고 일어나서 개를 데리고 살그머니 밖으로 나왔다. 아이의 얼굴은 눈물로 젖어 있었고 천에 가려진 그림 앞을 지나갈 때는 그것을 올려다보며 파트라슈를 향해 중얼거렸다.

"가난해서 돈을 못 낸다는 이유만으로 그림을 안 보여준다니 정말 너무해! 그분은 분명 가난한 사람들은 못 보게 할 생각으로 저 그림들을 그리지는 않았을 거야. 우리가 어느 때라도 매일매일 볼 수 있기를 바랐을 거야. 그런데도 사람들은 저 아름다운 그림을 천으로 덮어 어둠 속에 가둬놨어. 그림은 빛도, 어떤 눈길도 받지 못한 채 오로지 돈을 낸 부자들에게만 공개되고 있어. 내가 만약 저 그림들을 볼 수 있다면 죽어도 좋아."

하지만 넬로는 그것을 볼 수 없었고 파트라슈도 도와줄 수 없었다. 〈십자가에 올려지는 그리스도〉와 〈십자가에서 내려지는 그리스도〉를 보는 값으로 성당이 요구하는 돈을 구하기란 성당의 첨탑을 올라가는 것과 마찬가지로 불가능했다. 그들에게는 여윳돈이 없었다. 난로에 넣을 약간의 장작과 묽은 수프 재료를 마련하는 정도밖에는 되지 않았다. 하지만 아이는 휘장에 가려진 루벤스의 위대한 두 작품을 보고 싶다는 끝없는 열망에 사로잡혀 있었다.

어린 아르덴 소년의 영혼은 온통 예술에 대한 열정과 설렘으로 요동쳤다. 태양이 떠오르기 전 이른 아침, 사람들이 미처 일어나기도 전에 우유를 팔러 커다란 개와 함께 오래된 도시를 이 집 저 집 누비는 넬로는 평범한 시골 소년에 불과했지만, 루벤스를 신처럼 여기며 천국 같은 꿈에 빠져 있었다.

춥고 배고프고 양말도 없이 나막신을 신은 넬로는 겨울바람이 머리카락을 헝클고, 낡고 허름한 옷을 들치어대도 황홀한 사색에 빠져 승천하는 성모 마리아의 아름다운 얼굴을 바라보았다. 성모 마리아의 어깨에 드리운 금발 머리가 너울거리고 영원한 태양이 이마를 비추고 있었다. 넬로는 가난했고 혹독한 운명에 시달렸으며 글도 배우지 못했고 사람들의 관심도 얻지 못했지만, 그에 대한 보상인지 저주인지 모를 천부적인 재능이 있었다.

하지만 그것은 누구도 알지 못한 사실이었다. 넬로 자

신조차 몰랐다. 아무도 몰랐다. 언제나 넬로와 함께하는 파트라슈만이 넬로가 숯으로 돌 위에 그림을 그리고, 그 그림에 생생한 숨결을 불어넣는 것을 보았다. 파트라슈만이 조그마한 건초 침대 위에서 거장의 영혼을 향해 수줍게 올리는 넬로의 애처로운 기도 소리를 들었다. 파트라슈만이 넬로의 눈빛이 저녁노을에 빛나는 것을, 새벽에 떠오르는 태양에 장밋빛으로 물들 때 어두워지는 것을 보았다. 파트라슈만이 넬로의 빛나는 눈에서 이상하고 알 수 없는, 고통과 환희가 뒤섞인 뜨거운 눈물이 자신의 주름지고 누런 이마 위로 떨어짐을 수없이 느꼈다.

예한 다스 할아버지는 침대에 누워 하루에도 몇 번씩 말했다.

"넬로, 네가 자라서 이 오두막과 작은 땅을 소유해 스스로 밭을 일구고 이웃들이 너를 '나리'라고 부른다면 죽어도 여한이 없겠구나."

작은 마을에서 나리라고 불리며 약간의 땅을 가지는 것은 플랜더스 농부가 이룰 수 있는 가장 큰 꿈이었다. 한곳에 정착해 만족하며 겸손히 살다가 죽는 것, 그것이 젊었을 때 온 세상을 누비다가 빈손으로 돌아온 노병이 사랑하는 어린 손자에게 바라는 가장 좋은 삶이었다. 하지만 넬로는 대답이 없었다.

그 옛날 루벤스, 요르단스, 반에이크 형제 같은 훌륭한 화가를 낳은 힘이 넬로 안에 있었다. 좀 더 최근 뫼즈강이 디종(프랑스 중부의 미술 도시)의 오래된 절벽을 씻어주는 아르덴의 푸른 땅에서 〈파트로클로스〉(트로이 전쟁 이야기에 나오는 비극적인 인물)를 그린 위대한 화가, 그를 낳은 어떤 기운이 넬로 안에서 꿈틀대고 있었다. 물론 그 위대한 화가의 천재성은 우리 시대와 너무 가까워서 그 신성함을 옳게 판단하기가 어렵지만 말이다.

넬로는 조금 다른 미래를 꿈꿨다. 얼마 안 되는 땅을 경작하고 윗가지 지붕 아래 살면서 자기보다 조금 더 가난하거나 조금 덜 가난한 이웃들에게 나리라고 불리며 사는 삶과는 다른 미래를 꿈꾸었다. 붉은 저녁노을 아래 서 있는 대성당의 첨탑이 자신에게 다른 삶이 있다고 알려주는 듯했다. 안개 낀 어스름한 잿빛 아침, 들판 너머에 솟아 있는 첨탑의 모습이 다른 삶을 이야기했다. 하지만 넬로는 이런 이야기를 오직 파트라슈에게만 했다. 새벽안개를 뚫고 함께 일하러 갈 때, 강가의 바스락대는 수풀 속에 함께 누워서 쉴 때, 넬로는 파트라슈의 귀에 자신의 소망을 속삭였다.

그런 꿈은 쉽사리 말할 수도 없었고 듣는 사람에게 공감을 얻기도 어렵다. 아파서 집에 누워 있는 가난하고 늙은 할아버지를 몹시 당황하게 만들고 걱정스럽게 할 뿐이었다. 태양 아래 이곳저곳을 떠돌다 플랜더스로 흘러온 할아버지는 안트베르펜을 거닐다 푼돈으로 흑맥주 한 잔을 마시던 술집 벽에 있는 파랗고 빨갛게 덕지덕지 대충 그려진 성모 마리아 그림을, 성당 제단 위에 있는 유명한 그림만큼이나 좋게 생각하는 분이었다.

파트라슈를 제외하고 넬로가 자신의 대담한 꿈을 말할 수 있는 사람이 한 명 더 있었다. 풀이 무성한 언덕 위의 빨간 풍차 방앗간에 사는 소녀 알루아였다. 방앗간 주인인 알루아의 아빠는 마을에서 가장 수완이 좋은 농부였다. 알루아는 둥그런 얼굴에 붉은 볼, 다정한 검은 눈의 귀여운 소녀였다. 스페인 통치 이후 대부분의 플랜더스 사람이 알루아와 같은 검은 눈이다. 스페인의 알바 총독이 플랜더스를 지배할 때 스페인 미술의 영향으로 곳곳에 장엄한 궁전, 위풍당당한 거리, 금박을 입힌 건물의 문을 남긴 것처럼 그것은 눈부신 장식에 깃든 역사이며 돌에 새겨진 시였다.

알루아는 넬로와 파트라슈와 함께 자주 어울렸다. 셋은 들판에서 뛰놀기도 하고, 눈 속을 달리기도 하고, 데이지와 귤나무 열매를 모으기도 하고 오래된 잿빛 성당도 함께 갔다. 그리고 종종 방앗간의 커다란 모닥불 앞에 다 같이 앉아 시간을 보냈다.

사실 알루아는 마을에서 제일가는 부잣집의 외동딸이었다. 알루아의 파란 모직 드레스는 구멍이 난 적이 없다. 축제날이면 손에 한가득 금박 포장지로 싼 견과류와 설탕 묻힌 과자를 손에 잡히는 만큼 가질 수 있었다. 첫 영성체를 하러 갔을 때는 어머니와 할머니가 예전에 썼던 최고급 메클린 레이스로 된 미사포로 구불거리는 금발을 덮었다. 알루아는 겨우 열두 살이었지만 탐나는 며느릿감으로 여겨졌다. 하지만 알루아는 자신이 물려받게 될 재산에 대해 모르는 명랑하고 순진한 아이였으며, 그녀가 가장 사랑하는 친구는 넬로와 파트라슈였다.

알루아의 아버지 코제 씨는 좋은 사람이지만 고지식하고 엄격했다. 어느 날 코제 씨는 풍차 뒤로 펼쳐진 너른 초원에서 함께 놀고 있는 아이들을 보았다. 그날은 마침 풀을 벤 날이었다. 자신의 외동딸이 무릎에 커다란 황갈색 개 파트라슈의 머리를 누이고 풀숲에 앉아 있었고, 주위에는 파란 수레국화와 양귀비로 만든 화환들이 흩어져 있었다. 그리고 넬로는 깨끗하고 매끈한 송판 위에 숯으로 알루아와 파트라슈를 그리고 있었다.

코제 씨는 우두커니 서서 초상화를 보다가 두 눈에 눈물이 고였다. 그 그림은 아끼고 사랑하는 어린 딸아이와 놀라울 만큼 닮아 있었다. 그는 안에서 엄마를 돕지 않고 빈둥댄다며 딸아이를 심하게 꾸짖고는 무서워서 우는 알루아를 집 안으로 들여보냈다. 그리고 몸을 돌려 넬로의 손에서 송판을 확 빼앗으며 물었다.

"어째서 이런 어리석은 짓을 하는 거냐?"

코제 씨의 목소리는 떨리고 있었다.

"전 눈에 보이는 모든 걸 그려요."

얼굴이 빨개진 넬로가 머리를 숙이며 작게 중얼거렸다.

코제 씨는 잠시 아무 말이 없다가 이내 1프랑을 꺼내 불쑥 내밀었다.

"바보 같구나. 그림 그리는 일은 어리석은 짓이고 시간 낭비일 뿐이야. 하지만 그림이 알루아와 닮았어. 알루아 엄마가 좋아할 거야. 이 돈을 줄 테니 그림을 내게 다오."

넬로의 얼굴이 하얗게 변했다. 소년은 손을 등 뒤로 감추며 고개를 들었다.

"돈도 그림도 다 가지세요, 코제 나리. 제게 잘 대해주셨잖아요."

넬로는 순순히 그렇게 말했다. 그러고는 파트라슈를 불러 들판을 가로질러 갔다.

"저 돈이면 성당의 그림을 볼 수 있겠지? 하지만 알루아의 그림을 팔 수는 없어."

넬로가 파트라슈에게 속삭였다.

코제 씨는 괴로운 마음으로 방앗간으로 들어갔다. 그날 밤 그는 아내에게 말했다.

"알루아가 그 녀석과 못 놀게 해. 앞으로 문제가 생길 거야. 그 녀석은 이제 열다섯 살이고 알루아도 벌써 열두 살이라고. 게다가 그놈은 얼굴도 미끈하게 잘생겼단 말이야."

"그 아이는 착하고 성실하기까지 하죠."

아내가 송판 위에 그려진 그림을 흐뭇하게 바라보며 말했다. 그림은 참나무로 된 뻐꾸기시계와 밀랍 그리스도 수난상과 함께 벽난로 위에 걸려 있었다.

"그래, 그 말은 맞아."

코제 씨가 주석으로 만든 술병을 비우며 말했다.

"그러면 당신이 생각하는 일이 일어난다 해서 크게 문제가 될까요? 알루아는 두 사람이 먹고살아도 충분할 만큼 유산을 물려받을 테고……. 세상에 행복만큼 좋은 것도 없잖아요?"

아내가 망설이며 물어보았다.

"멍청한 여자 같으니라고!"

코제 씨가 담배 파이프로 탁자를 치며 거칠게 내뱉었다.

"그 녀석은 아무것도 없는 거지일 뿐이야. 게다가 그림쟁이가 꿈이라니 거지보다도 못하지. 앞으로는 둘이 못

어울리게 신경 쓰도록 해. 안 그러면 알루아를 수녀원에 보내버리겠어."

알루아의 어머니는 겁에 질려서 남편의 뜻에 따르겠다고 순순히 약속했다. 하지만 그녀는 딸아이가 그토록 좋아하는 친구를 일부러 떼어낼 수 없었고, 코제 씨도 가난하다는 것 말고는 아무런 죄도 없는 어린아이에게 그렇게 모질게 굴 생각도 없었다. 하지만 이런저런 방법으로 알루아가 단짝과 가까이 지내지 못하도록 했다. 자존심 강하고 과묵하고 세심한 넬로는 금방 마음의 상처를 입었고, 파트라슈와 함께 틈만 나면 놀러 가던 오래된 빨간 풍차 방앗간이 있는 언덕에 발길을 끊어버렸다. 자신이 무슨 잘못을 했는지 도저히 알 수 없었지만, 넬로는 풀밭에서 알루아의 초상화를 그린 일로 알루아 아버지가 화가 난 것 같다고 생각했다. 그리고 알루아가 넬로를 보고 반갑게 달려와 손을 잡으면, 미소를 지으며 아주 슬프고 다정한 목소리로 이렇게 말하곤 했다.

"안 돼, 알루아. 아버지를 화나게 하지 마. 너희 아버지는 네가 나 때문에 일하지 않고 빈둥거린다고 생각해. 그리고 네가 나와 함께 있는 걸 좋아하지 않으셔. 너희 아버지는 좋은 사람이고 너를 많이 사랑하시니까 화나게 하지 말자, 알루아."

하지만 그렇게 말하는 넬로의 가슴은 미어졌다. 먼동이 트는 아침에 집을 나서서 포플러 아래로 쭉 뻗은 길을 파트라슈와 함께 걸어도 예전처럼 세상이 환해 보이지 않았다. 오래된 빨간 풍차 방앗간은 그동안 넬로에게 하나의 이정표였다. 넬로는 항상 그곳을 지날 때면 멈춰 서서 그 집안사람들과 반갑게 인사했고, 알루아는 금발 머리를 방앗간 쪽문으로 내밀고 작은 손으로 파트라슈를 위한 뼈나 빵조각을 건네곤 했다. 하지만 이제 파트라슈는 닫힌 문을 애처롭게 바라볼 수밖에 없었고, 넬로는 심장을 찌르는 듯한 아픔을 느끼며 집 앞을 묵묵히 지나갔다. 집 안에 앉아 있던 알루아는 난로 옆의 작은 의자에 앉아서 뜨개질감 위로 눈물을 뚝뚝 떨어뜨렸다. 코제 씨는 자루를 나르고 방앗간 기계를 돌리면서 마음을 다잡고 혼잣말을 했다.

"이게 최선이야. 그 녀석은 거지일 뿐이야. 빈둥대면서 말도 안 되는 꿈이나 꾸고 있잖아. 그냥 뒀다가 나중에 어떤 골치 아픈 일이 생길지 누가 알아?"

코제 씨는 세상 돌아가는 이치를 잘 알았다. 그는 넬로를 떼어놓기 위해 문을 단단히 닫아걸었고, 어쩔 수 없는 경우에만 형식적으로 문을 열어놓았다. 그것은 넬로와 알루아에게 가혹하고도 슬픈 일이었다. 그전까지 두 아이는 파트라슈와 함께 매일 거리낌없이 인사를 나누고 즐겁게 이야기하고 놀았다. 누구의 간섭도 없이 뛰놀며 공상을 펼쳤다. 사람의 기분을 금방 알아채는 파트라슈는 아이들의 기분에 따라 목에 달린 황동 방울을 영리하게 흔들어 주곤 했다.

그동안 작은 송판은 여전히 뻐꾸기시계와 납제 십자가 상과 함께 코제 씨 집 부엌 벽난로 위에 걸려 있었다. 넬로는 자신이 준 선물은 거절하지 않으면서 자신은 그렇게 냉대하는 코제 씨가 너무 가혹하다고 생각했다.

하지만 넬로는 불평하지 않았다. 불평하지 않는 것은 그의 천성이었다. 예한 다스 할아버지는 항상 손자에게 말했다.

"우리는 가난하다. 신이 준 대로 받아들여야 해. 힘들어도 받아들여야지. 가난한 사람은 선택할 수 없단다."

넬로는 존경하는 할아버지의 말을 항상 침묵하며 새겨들었다. 그렇지만 특별한 재능이 있는 아이의 가슴속에서 어떤 희미하고 달콤한 희망의 목소리가 속삭였다.

"가난한 사람도 때로는 선택할 수 있단다. 그 누구도 부정할 수 없는 훌륭한 사람이 되는 길을 선택하면 남들에게 거부당하지 않을 수 있어."

여전히 순수한 마음의 넬로는 가슴속 목소리에 동의했다.

그러던 어느 날, 운하 옆의 밀밭 사이에 홀로 앉아 있는 넬로를 우연히 발견한 알루아가 달려와 넬로를 끌어안고는 애처롭게 흐느꼈다. 왜냐하면 다음 날이 알루아의 영명축일(가톨릭 신자가 자산의 세례명으로 택한 수호성인의 축일)이었기 때문이다. 매년 부모님은 영명축일에 알루아의 친구들을 불러서 커다란 헛간에서 함께 뛰놀게 하고 소박한 저녁도 차려주었다. 그런데 이번 축일에 부모님은 넬로를 초대하지 않았다. 넬로는 알루아에게 입을 맞추고 단호한 목소리로 속삭였다

"알루아, 언젠가는 달라질 거야. 너희 아버지가 가져간

나의 작은 송판이 언젠가는 돈이 되는 날이 올 거야. 그러면 나리도 더는 내가 못 들어오게 문을 닫아놓지 않으실 거야. 네가 영원히 날 사랑해준다면, 그렇게만 한다면 나는 훌륭한 사람이 될 거야."

"내가 사랑하지 않는다면?"

어여쁜 소녀는 눈물을 그치고 애교를 부리며 입술을 삐죽 내밀고 물었다. 하지만 넬로의 시선은 붉은색과 황금색이 어우러진, 플랜더스의 밤하늘에 우뚝 솟아 있는 대성당의 첨탑을 헤매고 있었다. 그 얼굴에 떠오른 아름답고도 슬픈 미소를 보고 어린 알루아는 경외심마저 들었다.

"네가 날 사랑하지 않더라도 난 훌륭한 사람이 될 거야, 알루아. 아니면 죽거나."

넬로가 낮은 소리로 대꾸했다.

"날 사랑하지 않는구나."

응석받이 알루아가 넬로를 밀어내며 말했다. 넬로는 고개를 저으며 싱긋 웃고는 노란 밀밭을 헤치며 걸어갔다. 언젠가 이 정든 옛 땅에 돌아왔을 때 알루아의 가족들에게 거부당하지 않고 존중받는 모습을, 달라진 자신을 보

러 온 마을 사람들의 모습을 상상했다. 그때가 되면 알루
아의 가족들도 자신을 거절하지 않고 영광으로 받아들일
것이다. 또 그때가 되면 마을 사람들도 자신을 바라보며
이렇게 속삭일 것이다.

"자네, 넬로 보았나? 세상이 알아주는 위대한 화가가
되니 왕이 따로 없구먼. 옛날에는 기르던 개가 도와줘서
겨우 먹고살던 거지나 다름없었는데, 우리 마을에서 가장
가난한 넬로였는데 말이야."

넬로는 할아버지를 모피와 보라색 옷으로 감싸는 상상
을 했다. 성 자크 성당의 성가족(아기 예수와 성모 마리아,
성 요셉) 그림에 나오는 노인처럼 초상화도 그려드리고,
파트라슈에게는 금목걸이를 걸어주고 오른쪽에 앉힌 다
음 사람들에게 이렇게 말하는 것이다.

"이 개는 제 유일한 친구였습니다."

또 대성당의 첨탑이 보이는 언덕에 화려한 정원이 있
는 커다랗고 하얀 대리석 집을 짓고, 그 집에 가난하고 외
톨이지만 원대한 꿈을 가진 젊은이들을 살게 하는 상상을
했다. 그리고 그들이 그의 이름을 찬양하면 이렇게 말하

는 것이다.

"제게 감사할 필요는 없습니다. 루벤스에게 감사하십시오. 그가 없었다면 저도 없었을 테니까요."

넬로는 아름답고 불가능하며 순수하고 자유롭고 이기심 없는 꿈을 꾸면서 행복하게 걸어갔다. 그 꿈은 자신의 영웅에 대한 찬사로 가득 차 있었다. 알루아의 영명축일처럼 슬픈 날에도 상상 속에서 행복할 수 있었다. 그날 넬로와 파트라슈가 단둘이 작고 컴컴한 오두막으로 돌아가 검은 빵으로 끼니를 때우는 동안, 마을의 모든 아이가 방앗간에 모여 노래하고 웃으면서 크고 둥근 디종 케이크와 브라반트의 아몬드 생강 빵을 먹었다. 그리고 별이 뜰 때까지 넓은 헛간에서 플루트와 바이올린 연주에 맞춰 춤을 추었다.

방앗간에서 즐거운 소리가 밤공기를 타고 흘러나오자 넬로는 오두막의 문 앞에 앉아 파트라슈의 목에 팔을 두른 채 말했다.

"괜찮아, 파트라슈. 괜찮아. 모든 게 조금씩 달라질 거야."

넬로는 미래를 믿었다. 하지만 넬로보다 경험도 많고

생각도 깊은 파트라슈는 젖과 꿀이 흐르는 미래에 대한 막연한 상상도, 지금 이 순간 방앗간 집의 저녁식사에 초대받지 못한 사실을 보상해줄 수는 없다고 생각했다. 그래서 파트라슈는 코제 씨 집을 지나갈 때마다 으르렁거리곤 했다.

그날 밤 예한 다스 할아버지가 구석에 있는 삼베 자루로 된 침대에서 일어나며 물었다.

"오늘이 알루아의 영명축일 아니냐?"

넬로는 맞다고 고개를 끄덕였다. 아이는 할아버지의 기억력이 떨어져서 그런 일을 정확히 몰랐으면 했다.

"그런데 왜 안 갔어? 한 번도 빠진 적이 없었잖니, 넬로?"

할아버지가 물어보았다.

"할아버지가 아프셔서 갈 수 없었어요."

넬로가 잘생긴 얼굴을 침대 쪽으로 기울이며 중얼거렸다.

"쯧쯧! 전처럼 눌레테 수녀님이 와서 있으면 되는데 그러는구나. 뭐가 문제냐? 넬로, 설마 알루아한테 언짢은 소리라도 한 건 아니겠지?"

할아버지가 계속 물었다.

"아뇨, 할아버지. 그럴 리가요."

넬로가 얼른 대답하며 빨개진 얼굴을 재빨리 숙였다.

"사실은 코제 나리가 이번에는 절 초대하지 않았어요. 잠시 저한테 마음이 상하셔서요."

"잘못한 일이 없는데도?"

"제가 알기론 없어요. 송판에 알루아의 초상화를 그렸을 뿐이에요. 그게 전부예요."

"아!"

할아버지가 입을 다물었다. 넬로의 순진한 대답에 모든 답이 들어 있었기 때문이다. 윗가지로 엮은 오두막 한구석의 건초 침대 위에서 꼼짝 못 하는 신세이긴 해도, 아직 세상 물정을 다 잊어버린 것은 아니었다.

할아버지는 넬로의 금발 머리를 부드럽게 품에 안으며 말했다.

"애야, 가난해서 어떡하니. 우리 아가, 이렇게 가난해서 어쩔까. 너한테 너무 가혹하구나."

할아버지가 더 늙고 떨리는 목소리로 말했다.

"아니에요. 전 부자예요."

넬로가 조용히 말했다. 넬로는 순수한 마음으로 자신이 왕보다도 더 강한 불멸의 힘을 가진 부자라고 생각했다. 넬로는 조용한 가을밤 오두막 문간에 서서 별들이 무리 지어 지나가고, 커다란 포플러의 구부러진 가지가 바람에 흔들리는 모습을 지켜보았다. 방앗간의 모든 여닫이창마다 불이 환했고 간간이 플루트의 선율이 들려왔다. 아직 어린아이였던 넬로의 뺨에 굵은 눈물이 흘러내렸다. 그래도 넬로는 미소 지으며 중얼거렸다.

"언젠가는!"

넬로는 모든 것이 조용해지고 어두워지기를 기다렸다가 파트라슈와 함께 집 안으로 들어와 그 옆에서 오랫동안 깊이 잠들었다.

이즈음 넬로에게는 파트라슈만 아는 비밀이 생겼다. 오두막에는 넬로 말고 아무도 들어오지 않는 작은 헛간이 있었다. 황량하지만 북쪽으로 난 창으로 빛이 충분하게 들어오는 곳이었다. 그곳에서 넬로는 혼자서 거친 판재로 서투르게나마 조잡하게 이젤을 만들어놓고, 그의 머릿속에서 떠오르는 수많은 상상 중 하나를 넓은 회색 바다처럼 쫙 펼쳐진 종이 위에 펼쳐놓았다. 넬로는 그림을 배운 적도 없었고 색색의 물감을 살 돈도 없었다. 지금 가지고 있는 조잡한 미술 도구도 끼니를 숱하게 거르며 겨우 마련한 처지였다. 그나마도 자신이 본 것을 하얀색과 검은색으로밖에 표현할 수 없었다.

넬로는 어떤 노인이 쓰러진 나무 위에 앉아 있는 그림을 목탄으로 그리고 있었다. 넬로는 미셸이라는 나이 든 나무꾼이 거의 매일 저녁 쓰러진 나무 그루터기 위에 앉아 있는 것을 보았다. 그게 전부였다. 넬로에게 밑그림, 원근법, 인체 비례, 명암에 대해 가르쳐주는 사람은 없었다. 그래도 넬로는 온갖 풍파를 겪은 듯 약하고 지친 표정의 나이 든 남자의 얼굴을 그렸다. 그림 속 남자의 얼굴에는 수심이 가득하면서도 인내와 인고의 세월을 지나온 표정이 어렸고, 죽은 나무 위에 앉아서 홀로 생각에 잠긴 늙고 외로운 남자 뒤로 어둠이 내려앉았다. 그리고 그 모습은 넬로의 그림으로 한 편의 시가 되었다.

물론 대충 그린 듯 거친 부분도 있고 흠잡을 데도 많았다. 그래도 넬로의 그림은 사실적이면서도 자연스러웠다.

진정한 예술이었고 아주 애절했으며 아름다웠다.

파트라슈는 매일의 일상적인 노동이 끝나면 그림이 점점 발전해나가는 것을 지켜보면서 아주 오랜 시간을 조용히 엎드려 기다렸다. 파트라슈는 헛된 꿈일 수도 있지만 넬로가 원대한 희망을 품고 있음을 알고 있었다.

넬로는 그 멋진 그림을 상금 200프랑이 걸린 대회에 출품하려고 했다. 매년 안트베르펜에서 열리는 그 대회는 학생이든 소작농이든 상관없이 18세 이하의 재능 있는 청소년이라면 모두 참가할 수 있었다. 다른 사람의 도움을 받지 않고 목탄이나 연필로 그림을 그려 제출해야 하고, 루벤스의 도시에서 가장 유명한 화가들 세 명이 심사하여 최고 작품을 뽑았다.

봄, 여름, 가을 내내 넬로는 출품용 그림에 매달렸다. 만약 우승하면 경제적으로 독립할 발판을 마련할 수 있고, 열정 하나만으로 열렬히 동경하던 예술이라는 미지의 세계에 첫발을 내디딜 수 있을 터였다.

넬로는 제 생각을 아무에게도 말하지 않았다. 할아버지는 이해하지 못할 테고 알루아는 만날 수 없었다. 그래서 파트라슈에게만 속내를 털어놓았다.

"루벤스 님이 아신다면 내게 상을 주실지도 몰라."

파트라슈도 그렇게 생각했다. 왜냐하면 루벤스는 개를 사랑했다. 그렇지 않다면 개를 그렇게 정교하게 정성 들여 그렸을 리가 없다. 그리고 파트라슈가 알기로 개를 사랑하는 사람은 항상 동정심이 많았다.

그림은 12월 1일까지 제출해야 했고, 심사 결과는 24일에 나올 예정이었다. 그래서 대회 우승자는 가족들, 친지들과 함께 크리스마스를 즐길 수 있었다.

바람이 매섭게 불던 어느 황혼 녘, 넬로는 희망으로 가득 찼다가 두려움에 질렸다가 하면서 두근거리는 마음으로 자신의 그림을 작은 초록색 수레에 실었다. 그리고 파트라슈의 도움을 받아 도시로 가져가 제출 장소로 명시된 공회당 문 앞에 내려놓았다.

"어쩌면 내 그림은 전혀 가치가 없을지도 몰라. 내가 어떻게 알겠어?"

막상 그림을 두고 오자니 부끄러운 마음이 불쑥 들면서 의기소침해졌다. 맨발에 자기 이름도 겨우 쓰는 어린 소년의 그림을 위대한 화가들과 진짜 예술가들이 봐주기를 바란다는 게 너무도 무모하고 어리석은 일처럼 여겨졌다. 하지만 성모 대성당 앞을 지나면서 다시 자신감을 회복했다. 안개와 어둠 속에서 루벤스의 위풍당당한 모습이 나타나 어렴풋이 그 위용을 드러내는가 싶더니, 입가에 온화한 미소를 띤 채 이렇게 속삭이는 듯했기 때문이다.

"안 돼. 용기를 내! 내가 지금까지도 안트베르펜에 이름을 떨칠 수 있었던 것은 소심한 마음이나 두려움 때문이 아니었단다."

마음이 한결 편해진 넬로는 차가운 밤공기를 헤치며 집으로 달려갔고, 마음의 안정을 되찾았다. '나머지는 신의 뜻에 맡기자.' 넬로는 버드나무와 포플러 사이에 있는 작은 잿빛 성당에서 배운 대로 신실한 믿음 속에서 배운 대로 신의 뜻에 맡겨야 한다고 생각했다.

그해 겨울은 일찍부터 추위가 매서웠다. 그날 밤 넬로와 파트라슈가 오두막에 도착한 후에 내리기 시작한 눈은 며칠 동안이나 이어지더니 들판의 모든 길과 밭두렁의 경계를 모조리 지워버렸다. 작은 시냇물도 죄다 얼어버렸고 맹렬한 추위가 지상을 강타했다. 온 세상이 캄캄한 시각에 우유를 받은 뒤 고요한 도시까지 배달하는 일은 실로 고된 일이었다. 특히 파트라슈는 더 힘에 겨웠다. 세월이 흘러 넬로는 점점 힘센 소년으로 자랐지만, 파트라슈는 점점 노쇠해서 관절은 뻣뻣했고 뼈마디는 시렸다.

그래도 파트라슈는 자기 몫의 일을 포기하려 하지 않았다. 넬로는 파트라슈가 힘들지 않게 수레를 직접 끌려고 했지만 파트라슈는 그렇게 놔두지 않았다. 파트라슈가 허락하고 받아들이는 일은 통나무를 넘어가거나 바퀴 자국이 난 채로 얼어버린 곳을 통과할 때 넬로가 뒤에서 밀어주는 정도였다. 파트라슈는 평생 일을 하며 살았고, 그걸 자랑스럽게 생각했다. 파트라슈는 때때로 서리와 험한 길 그리고 팔다리 통증 때문에 엄청나게 괴로웠지만, 숨 한 번 고르고 탄탄한 목을 숙인 채 끈기 있게 앞으로 걸어갔다.

"파트라슈, 집에서 쉬어. 이제 넌 쉴 때가 됐어. 나 혼자서도 잘 끌 수 있어."

넬로는 아침마다 몇 번이나 파트라슈를 설득했다. 넬로가 하는 말을 알아들었지만 파트라슈는 돌격 신호가 들릴 때 꾀를 부리지 않는 노병처럼 그 말을 따르지 않았다. 매일 아침 눈을 뜨면 수레 손잡이 사이에 떡하니 자리를 잡았고, 숱한 세월 동안 눈 덮인 들판에 네 개의 발자국을 남기며 터벅터벅 걸어갔다.

'죽을 때까지 쉬어선 안 돼'라고 파트라슈는 생각했다. 가끔은 그날이 머지않은 것 같은 생각도 들었다. 시력도 예전같지 않았고, 밤잠을 자고 나면 일어나기가 점점 힘들어졌다. 하지만 대성당의 종이 다섯 번을 치면 고된 하루가 시작되었음을 알고 꾸물대는 일 없이 지푸라기 위에서 벌떡 일어났다.

예한 다스 할아버지는 작은 빵 쪼가리를 나눠주던 쭈글쭈글한 손을 뻗어 파트라슈의 머리를 쓰다듬어주며 말했다.

"가여운 파트라슈, 너와 내가 함께 가만히 누워서 쉴 날이 그리 머지않았구나."

나이 든 개와 노인의 마음은 같은 생각으로 아려왔다. 우리가 세상을 떠나면 사랑하는 넬로를 누가 돌봐줄까?

어느 날 오후, 넬로와 파트라슈가 눈을 밟으며 돌아오던 길이었다. 대리석처럼 단단하고 미끄럽게 얼어버린 플랜더스 평원을 지나 안트베르펜에서 돌아오다가 길에서 탬버린을 치는 작은 꼭두각시 인형을 주웠다. 15센티미터쯤 크기에 빨간색과 금색으로 칠해진 인형이었다. 망가지거나 상처 난 곳이 하나도 없는 예쁜 인형이었다. 넬로는 주인을 찾으려 했지만 찾지 못했고, 문득 알루아에게 주면 좋아할 거라는 생각이 들었다.

넬로가 방앗간을 지나갈 무렵은 밤이 제법 깊은 시각이었다. 넬로는 알루아 방의 작은 창문을 알고 있었다. 오랫동안 친구로 지낸 사이이니까 길에서 주운 작은 인형을 알루아에게 준다 해도 별로 잘못된 일은 아니라고 생각했다. 알루아의 방 여닫이창 밑에는 지붕이 경사진 창고가 있었다. 넬로는 그 지붕으로 올라가 조용히 덧창을 두드렸다. 창으로 희미한 빛이 보였다. 알루아는 창문을 열더니 살짝 놀란 얼굴로 밖을 내다보았다. 넬로가 탬버린 치는 인형을 알루아의 손에 쥐여주며 속삭였다.

"눈길에서 주웠어. 알루아, 가져. 하느님의 가호가 있길!"

넬로는 알루아가 고맙다는 인사도 하기 전에 헛간 지붕에서 내려와서 어둠 속으로 달려갔다.

그런데 그날 밤 방앗간에 불이 났다. 별채와 많은 곡물이 불에 타버렸다. 그래도 방앗간과 사람들이 사는 본채는 타지 않았다. 마을 사람들이 겁에 질려 뛰어나왔고, 안트베르펜에서 눈을 헤치고 소방차가 달려왔다. 방앗간 주인인 코제 씨는 보험을 든 덕에 손해 본 것은 없었지만 몹시 화를 내며 불이 난 것은 사고가 아니고 누군가 악의를 가지고 한 일이라고 단정 지었다.

넬로는 잠을 자다가 깨서 다른 사람들과 함께 도우러 달려갔다. 그러자 코제 씨는 화를 내며 넬로를 한쪽으로 밀어붙이더니 거칠게 말했다.

"네놈이 어두워진 뒤에 이 근처를 기웃거리고 있었지? 내 영혼을 걸고 말하는데, 너는 알겠지? 왜 여기에 불이 났는지 말이야."

넬로는 어안이 벙벙하여 멍한 표정으로 가만히 그 말을 듣고 있었다. 코제 씨가 진심으로 하는 말이라고는 생각지 않았다. 그리고 이런 상황에서 그런 농담을 하는 걸 이해할 수 없었다.

그런데 코제 씨는 그다음 날, 이웃들 앞에서 공개적으

로 넬로에 대한 악담을 퍼부었다. 그 때문에 사람들은 넬로가 한 짓은 아니라고 생각했지만, 그날 해가 진 후에 방앗간 주변에서 넬로를 봤다느니, 코제 나리가 알루아와 만나는 것을 금지해서 넬로가 원한을 품었다느니 하는 소문이 파다하게 돌았다. 작은 마을 사람들은 언젠가 알루아의 재산이 제 아들 것이 되리라는 희망을 품고, 비열하게 제일 부자인 지주의 말을 따르고 눈치를 봤다. 그리고 예한 다스 할아버지의 손자에게 엄한 눈길과 차가운 말을 쏟아부었다. 아무도 넬로에게 말을 걸지 않았다. 마을 사람들 모두 똘똘 뭉쳐서 방앗간 주인의 말에 장단을 맞추었다.

매일 아침 넬로와 파트라슈가 안트베르펜으로 가져갈 우유를 받으러 가면, 오두막과 농장에서는 언제나 환한 미소와 반가운 인사로 맞아주었다. 하지만 이제는 눈을 내리깐 채 짤막한 인사만 돌아왔다. 방앗간 주인의 말도 안 되는 의심이나 마을에 떠도는 터무니없는 소문을 정말로 믿는 사람은 아무도 없었다. 하지만 그들은 모두 가난했고 무지했다. 마을에서 제일가는 부자가 넬로를 적대시하는 게 분명한 상황이었다. 자기 편도 없고 그저 순진하

기만 한 넬로는 마을 사람들의 부당한 처사를 막을 힘이
없었다.

"당신, 그 아이에게 너무하셨어요. 넬로는 순진하고 성
실한 아이예요. 아무리 마음에 상처를 입어도 악한 짓 같
은 건 꿈도 못 꿀 아이라고요."

방앗간 주인의 아내가 용기를 내어 남편에게 울면서
말을 꺼냈다. 하지만 코제 씨는 고집 센 사람이었다. 속으
로는 자신이 한 일이 부당하다는 것을 알았지만 한번 꺼
낸 말을 끈질기게 고수하는 사람이었다.

그동안 넬로는 사람들이 주는 상처를 묵묵히 견뎌냈다.
긍지를 잃지 않고 인내하며 무시당하는 것에 불평하지 않
았다. 다만 늙은 파트라슈와 단둘이 조용히 있을 때만 속
내를 꺼냈다.

"내 그림이 상을 받는다면! 그땐 아마 사람들도 미안해
하겠지."

넬로는 이렇게 생각했다. 하지만 넬로는 아직 열여섯
살도 되지 않았다. 그동안 작은 마을 안에 살면서 마을 사
람들의 보살핌과 응원을 받으며 어린 시절을 보냈다. 그

런데 그 작은 세상 전부가 아무 잘못도 없는 그에게 등을 돌렸다. 어린 넬로가 견디기에는 힘겨운 일이었다.

특히 눈이 쌓여서 먹을 것도 없는 황량한 겨울에 빛과 따뜻함을 찾을 수 있는 유일한 곳은 마을의 난로와 이웃들의 따뜻한 인사뿐이었기에 더욱 힘겨웠다. 겨울은 모든 마을 사람이 서로 가까워지는 계절이었지만, 넬로와 파트라슈에게는 아니었다. 이제 아무도 둘을 상대하지 않았고 넬로와 파트라슈는 중풍으로 침대에 누워 있는 할아버지와 작은 오두막에서 외따로 떨어져 살아야 했다. 불은 자주 사그라졌고 끼니를 거를 때도 많았다.

어느 날 안트베르펜에서 나귀를 끌고 온 새로운 장사꾼이 여러 농가에서 우유를 사들였다. 겨우 서너 집만 그 장사꾼이 내건 판매 조건을 거절하고 넬로의 작은 초록색 수레에 맡겼다. 그런 까닭에 파트라슈가 끌어야 하는 짐은 아주 가벼워졌고, 넬로의 지갑으로 들어오는 동전도 줄어들고 말았다.

파트라슈는 평소처럼 낯익은 대문 앞에 멈춰 서도 문이 열리지 않자 굳게 닫힌 문을 애처롭게 바라보았다. 문

도 닫고 마음도 닫은 이웃들 역시 가슴이 아팠지만, 파트
라슈가 다시 빈 수레를 끌고 가게 그냥 놔두었다. 그들은
코제 씨에게 잘 보이고 싶은 마음에 그렇게 했다.

크리스마스가 가까워졌다. 기온이 뚝 떨어지고 추워졌
다. 눈이 180센티미터가량 높이로 쌓였고, 운하의 얼음은
단단하게 얼어서 황소나 사람이 지나가도 될 정도였다.
이맘때가 되면 이 작은 마을은 항상 즐겁고 활기가 넘쳤
다. 제일 가난한 사람 집에도 우유 술(와인이나 맥주를 넣어
응고시킨 뜨거운 우유로 중세시대에서 19세기까지 영국에서 유
행함), 케이크, 설탕으로 만든 성자상과 금박을 입힌 예수
상이 있었다. 농담을 하고 춤을 추었으며 어디서나 플랜
더스 말의 목에 달린 종이 경쾌하게 딸랑거렸다. 어느 집
이나 냄비에 죽이 가득 차서 보글거렸고 난로에서 연기가
피어올랐다. 눈길 위에는 처녀들이 웃고 재잘거리며, 밝
은 스카프로 머리를 싼 채 두텁고 긴 상의를 입고 종종거
리며 미사를 보러 다녔다. 오직 작은 오두막 하나만 어둡
고 추울 뿐이었다.

크리스마스 전날 밤, 세상천지에 넬로와 파트라슈 둘만

남게 되었다. 오두막을 찾아온 죽음이 가난과 고통 속에서 살아온 예한 다스 할아버지의 생명을 영원히 데려간 것이다. 할아버지는 아주 오래전부터 산송장이나 마찬가지였다. 그는 손을 조금 움직이는 것 외에는 전혀 움직이지 못했고, 기력이 없어서 말도 살살 할 수밖에 없었다.

하지만 할아버지의 죽음은 남은 둘에게 크나큰 충격이었고, 넬로와 파트라슈는 할아버지를 위해 슬피 울었다. 할아버지는 잠자는 동안 둘을 떠났다. 잿빛 하늘이 밝아오고 나서야 넬로와 파트라슈는 할아버지가 돌아가신 걸 알았고 순식간에 말할 수 없는 외로움과 적막감에 휩싸였다. 할아버지는 가난했고 힘도 없었으며 손 하나 들지 못해 둘을 지켜줄 수도 없었다. 중풍으로 쓰러진 지 오래였지만 그래도 할아버지는 온 마음을 다해 둘을 사랑해주었다. 집에 돌아오면 언제나 웃는 얼굴로 맞아주었다. 넬로와 파트라슈는 끝없는 슬픔에 잠겼고 그 무엇도 둘을 위로해줄 수 없었다.

하얀 눈이 내린 어느 겨울날, 할아버지의 시신이 든 전나무 관은 작은 잿빛 성당의 이름 없는 무덤으로 향했다.

세상에 친구 하나 없이 남겨진 어린 소년과 늙은 개만이 할아버지의 죽음을 애도했다.

방앗간 주인의 아내는 난롯가에서 담배를 태우는 남편을 힐끗 보면서 생각했다.

'이제는 저이도 마음이 풀려서 그 불쌍한 아이가 못 오게 막지 않겠지?'

코제 씨는 아내가 무슨 생각을 하는지 잘 알았지만 마음을 단단히 먹고는, 작고 초라한 장례 행렬이 집 앞을 지나가는데도 끝내 빗장을 풀지 않았다.

코제 씨가 중얼거렸다.

"그 애는 거지야. 알루아 옆에 얼쩡거리게 해서는 안 돼."

아내는 감히 말 한마디 꺼내지 못했지만 관이 묻히고 넬로와 파트라슈가 돌아간 후에 알루아의 손에 말린 꽃으로만든 리스를 쥐어주었다. 그리고 비석도 없이 까만 흙만 덮여 있을 음울한 무덤에 공손히 놓고 오라고 시켰다.

넬로와 파트라슈는 찢어지는 가슴을 안고 집으로 돌아왔다. 초라하고 우울하며 즐거운 일이라고는 없는 집은 둘을 전혀 위로해주지 못했다. 게다가 초라한 오두막은 한 달 치 월세가 밀려 있었는데, 할아버지의 장례식을 끝내고 나니 동전 한 푼 남아 있지 않았다. 넬로는 오두막 주인인 구두장이에게 가서 자비를 베풀어 달라고 애원했다. 하지만 구두장이는 평소 자비를 베푸는 사람이 아니었다. 돈을 좋아하는 냉혹한 구두쇠인 그는 밀린 집세 대신 오두막에 있는 냄비와 주전자는 물론이고 나뭇조각 하나, 돌멩이 하나까지 전부 놔두고 내일 당장 집을 비우라고 했다.

오두막은 더없이 초라하고 비참한 모습이었지만, 넬로와 파트라슈에게는 애정이 듬뿍 담긴 공간이었다. 그들은 그곳에서 행복했다. 여름에 넝쿨이 벽을 휘감고, 예쁜 강낭콩꽃과 함께 햇볕이 내리쬐는 들판 한가운데 서 있는 오두막은 꽤 예뻤다. 그곳에서 지내는 동안 넬로와 파트라슈의 인생은 힘겨운 노동과 궁핍뿐이었지만, 그래도 만족하면서 즐겁게 살았고 언제나 그들을 반기는 할아버지의 환한 미소를 향해 오두막으로 달려가곤 했다.

캄캄한 밤, 불기 없는 난로 옆에서 넬로와 파트라슈는 몸을 붙인 채 체온과 슬픔을 나누었다. 몸은 추위에 감각을 잃었고 마음도 얼어붙어버린 듯했다.

눈 덮인 차디찬 땅 위로 크리스마스이브의 아침이 다가왔다. 몸을 부르르 떨면서 넬로는 그의 하나뿐인 친구를 꽉 껴안았다. 뜨거운 눈물이 파트라슈의 이마 위로 뚝뚝 떨어졌다.

넬로가 속삭였다.

"이제 가자, 파트라슈. 나의 파트라슈. 쫓겨날 때까지 기다리지 말자. 나가자."

넬로의 뜻은 곧 파트라슈의 뜻이었다. 둘은 슬픔에 잠긴 채 초라하지만 아끼고 사랑했던 모든 물건을, 소중했던 조그마한 그 오두막에 두고서 밖으로 나왔다. 파트라슈는 초록색 수레 옆을 지나갈 때 힘없이 머리를 숙였다. 이제는 파트라슈의 것이 아니기 때문이다. 수레도 집세에 보태기 위해 다른 것들과 함께 남겨두고 가야 했다. 눈 위에 놓인 파트라슈의 놋쇠 마구가 반짝거렸다. 파트라슈는 마음이 너무 아파서 마구 옆에 엎드려 그대로 죽고 싶었지만 참고 지나갔다. 넬로가 아직 살아 있었고 자기를 필요로 하니 삶을 포기할 수 없었다.

둘은 안트베르펜으로 가는 익숙한 길을 걸었다. 아직 새벽이라 대부분의 덧문은 닫혀 있었지만 벌써 일어난 사람들도 있었다. 사람들은 넬로와 파트라슈가 지나가도 아무런 관심도 보이지 않았다. 넬로가 어떤 집 앞에 멈춰 서서 애처롭게 집 안을 바라보았다. 할아버지와 이웃사촌이었고 도움을 많이 주던 집이었다.

"파트라슈에게 빵 부스러기라도 좀 나눠주시겠어요? 나이도 많이 들었는데 어제 오후부터 아무것도 먹지 못했어요."

넬로가 쭈뼛거리며 조심스럽게 말을 꺼냈다.

하지만 여자는 황급히 문을 닫으며 요즘에 밀과 호밀 값이 아주 비싸다고 중얼거렸다. 넬로와 파트라슈는 다시 힘없이 걸어갔다. 그리고 더는 누구에게도 구걸하지 않았다.

넬로와 파트라슈가 느릿느릿 힘겹게 안트베르펜에 도착했을 무렵 10시를 알리는 종이 울렸다.

'뭐라도 가진 것이 있었으면 팔아서 파트라슈에게 빵이라도 사줬을 텐데!'

하지만 넬로에게는 자기 몸을 덮고 있는 린넨 조각과

나막신 한 켤레밖에 없었다.

파트라슈가 그 마음을 아는지 어떤 고통이나 가난에도 걱정하지 말라는 듯 넬로의 손에 자기 코를 갖다 댔다.

미술 대회 우승자는 정오에 발표될 예정이었다. 넬로는 그의 그림을 두고 왔던 공회당으로 향했다. 건물 계단과 입구는 넬로 또래나 더 나이 들어 보이는 소년들이 그들의 부모, 친지와 방문했는지 북적거렸다. 그들 사이로 걸어가는 넬로의 마음은 두려움으로 어지러웠다. 넬로는 파트라슈 옆에 바짝 붙어 걸었다.

안트베르펜에 있는 큰 놋쇠 종들이 일제히 울리며 정오를 알렸다. 공회당 안쪽 홀의 문이 열리자 가슴 졸이며 이제나저제나 결과를 기다리던 사람들이 안으로 몰려들었다. 우승한 작품은 나무 단상 위에 걸릴 예정이었다.

갑자기 뿌연 안개가 넬로의 앞을 가렸고, 머리가 빙글거리고 팔다리에 힘이 쑥 빠지는 느낌이었다. 잠시 후 다시 시야가 밝아졌고, 높이 걸려 있는 그림이 눈에 들어왔다. 하지만 그것은 넬로의 그림이 아니었다. 낭랑하고 느릿한 목소리가 안트베르펜 자치구 출신 부두 관리인의 아들인

스테판 키슬링에게 우승이 돌아갔음을 알리고 있었다.

넬로가 다시 정신을 차려보니 그는 건물 밖 돌바닥에 누워 있었다. 파트라슈는 넬로를 살리려고 이리저리 애쓰고 있었다. 멀리서 안트베르펜의 젊은이들이 우승한 친구의 이름을 소리 높여 부르며 환호성을 질렀고, 부둣가에 있는 그의 집까지 따라가며 박수를 보내고 있었다.

비틀거리며 일어난 넬로는 파트라슈를 끌어안으며 중얼거렸다.

"이제 모두 끝났어. 사랑하는 파트라슈. 모두 다!"

아무것도 먹지 못해 약해진 넬로는 마지막 남은 힘을 다해 기운을 차렸다. 그리고 마을로 가는 길을 되짚어갔다. 배가 고프고 슬퍼서 힘이 빠진 늙은 파트라슈도 아이 옆에서 머리를 수그린 채 걸었다.

눈이 펑펑 쏟아지기 시작했고, 살을 에는 듯한 눈보라가 북쪽에서 불어왔다. 평원의 추위는 죽을 수도 있을 만큼 혹독했다. 익숙한 길을 가는 데도 한참이나 걸리는 바람에 작은 마을에 도착했을 때는 벌써 4시를 알리는 종이 울렸다. 그런데 갑자기 파트라슈가 눈 속에서 뭔가 냄새를 맡고 멈춰 서서 눈을 파헤치더니 낑낑거리며 이빨로 작은 갈색 가죽 지갑을 끌어냈다. 어둠 속에서 파트라슈가 넬로에게 그것을 들어 보였다. 마침 옆에는 작은 그리스도 수난상이 서 있었고, 희미한 등불이 십자가 밑을 밝히고 있었다. 넬로는 무심코 지갑을 불빛 아래로 가져갔다. 지갑에는 코제 씨의 이름이 쓰여 있었고 안에는 2,000프랑의 지폐가 들어 있었다.

정신이 아득해져 있던 넬로는 살짝 정신이 들었다. 넬로는 가죽 지갑을 셔츠 속에 집어넣고, 파트라슈를 쓰다듬고는 다시 앞으로 나갔다. 파트라슈는 넬로의 얼굴을 애처롭게 바라보았다.

넬로는 곧장 방앗간으로 가서 문을 두드렸다. 방앗간 안주인이 흐느끼며 문을 열어주었고 그 옆에는 알루아가 엄마의 치맛자락을 붙잡고 서 있었다. 안주인은 눈물에 젖은 얼굴로 다정하게 말했다.

"왔구나, 가여운 것. 아저씨가 오기 전에 얼른 돌아가렴. 오늘 밤 우리 집에 속상한 일이 있단다. 아저씨가 말을 타고 집에 오는 길에 지갑을 떨어뜨려서 지금 찾으러

나가셨단다. 하지만 이런 눈 속에서 무슨 수로 찾겠니? 그 돈이 없으면 우리는 파산한 거나 마찬가지야. 너한테 한 짓 때문에 하늘이 벌을 주시나 봐."

넬로는 지갑을 안주인의 손에 건네고는 파트라슈를 집 안으로 불렀다.

"아까 파트라슈가 그 돈을 찾았어요."

넬로가 황급히 말했다.

"코제 나리께 말해주세요. 그러면 이 늙은 개에게 잠자리와 먹이를 주실 거라고 믿습니다. 파트라슈가 절 따라오지 못하게 해주세요. 부디 잘 부탁드립니다."

넬로는 방앗간 안주인이나 파트라슈가 자신의 말이 무슨 소리인지 알아채기도 전에 몸을 굽혀 파트라슈에게 입을 맞췄다. 그러고는 서둘러 문을 닫고 깊어가는 밤의 어둠 속으로 사라졌다.

안주인과 알루아는 기쁨과 두려움으로 말문이 막힌 채 서 있었다. 파트라슈는 괴로워하며 빗장이 걸린 참나무 판자에 쇠를 두른 문에다 헛되이 분풀이했다. 두 사람은 빗장을 열어서 파트라슈를 나가게 할 수 없었다. 그들은 파트라슈를 달래보려고 애썼다. 달콤한 케이크와 육즙이 풍부한 고기를 주며 최선을 다해 파트라슈의 관심을 끌려 했다. 하지만 따뜻한 난로 옆으로 오라고 아무리 꼬드겨 도 소용없었다. 파트라슈는 안절부절못하면서 빗장이 걸 린 문 옆에서 움직이려고 하지 않았다.

마침내 코제 씨가 6시가 다 돼서 몹시 지치고 절망적인 표정으로 반대편 문으로 들어왔다.

"완전히 잃어버렸어."

코제 씨의 뺨은 창백했고 가라앉은 목소리는 떨렸다.

"등불을 들고 사방을 찾아봤지만 없어. 알루아한테 물 려줄 것까지 전부 잃어버렸어."

알루아의 엄마는 지갑을 남편의 손에 건네며 자초지종 을 말해주었다. 완고하던 코제 씨가 덜덜 떨면서 주저앉 더니 부끄러움과 자괴감이 가득한 얼굴을 묻었다. 이윽고 코제 씨가 중얼거렸다.

"내가 그동안 얼마나 모질게 굴었는데. 난 그 애의 도움 을 받을 자격이 없어!"

알루아는 용기를 내서 아빠에게 다가가 머리를 살며시

기대며 속삭였다.

"아빠, 넬로가 다시 여기 와도 돼요? 늘 그랬듯이 내일 여기 와도 될까요?"

딸의 물음에 코제 씨는 팔로 딸을 꼭 감싸 안았다. 햇볕에 그을린 엄한 얼굴이 창백했다.

"당연하지. 크리스마스에 여기 와도 된단다. 넬로가 원한다면 언제라도, 하늘이 날 도왔구나. 그 애한테 보답해야지. 꼭 보답하마."

코제 씨가 떨리는 입술로 딸에게 대답했다.

알루아는 감사와 기쁨을 담아 아빠에게 키스하고 아빠의 무릎에서 내려왔다. 그리고 하염없이 문만 보고 있는 파트라슈에게 달려갔다. 소녀는 철없는 아이처럼 기쁨에 겨워 외쳤다.

"오늘 밤 파트라슈한테 잘해줘도 되죠?"

알루아가 아이처럼 기뻐하며 소리쳤다.

"그래, 파트라슈에게 제일 좋은 것을 주거라."

완고하기만 했던 코제 씨의 마음은 깊은 감동으로 벅차올랐다.

때는 크리스마스이브였고 방앗간 집에는 참나무 장작과 땔감, 크림과 꿀, 고기와 빵이 그득했으며, 들보에는 상록수로 만든 화환이 걸려 있었다. 십자가상과 뻐꾸기시계는 호랑가시나무 사이로 튀어나와 있었다. 알루아를 위한 작은 종이 등불이며 갖가지 장난감과 화려한 그림종이로 싼 사탕도 있었다. 집 안 곳곳은 밝고 따뜻했으며 풍요로웠다. 알루아는 파트라슈가 잘 먹고 잘 쉴 수 있도록 정성을 다했다

하지만 파트라슈는 따뜻한 곳에 누우려고도, 흥겨운 분위기에 동참하려고도 하지 않았다. 파트라슈는 배가 고프고 추웠지만 넬로 없이 편하게 음식을 먹고 싶지 않았다. 어떤 유혹에도 파트라슈는 문 가까이에 앉아서 문만 쳐다보며 나가고 싶어 했다.

"주인이 보고 싶은가 보군. 착한 개야! 날이 밝으면 바로 넬로에게 가보도록 하자."

코제 씨가 말했다.

파트라슈 말고는 아무도 넬로가 그 오두막을 떠난 것을 몰랐다. 넬로가 굶주림과 고통을 혼자 감당하기 위해

가버렸다는 사실을 아는 것도 파트라슈뿐이었다.

방앗간의 부엌은 아주 훈훈했다. 난로 안에서는 큼직한 장작들이 불꽃을 튀기며 타올랐고 이웃들은 포도주 한 잔이나 크리스마스이브 저녁 만찬으로 요리한 통통한 거위 고기 한 조각을 먹으러 들렀다. 알루아는 단짝과 마음껏 놀 수 있다는 생각에 기뻐서 금발 머리를 찰랑거리며 노래하고 깡충깡충 뛰어다녔다. 코제 씨는 마음이 벅차오르는 것을 느끼며 눈물에 젖은 눈으로 딸에게 미소를 띠었고, 딸이 좋아하는 친구를 어떻게 후원할지에 관해 이야기했다. 알루아의 엄마는 차분히 앉아 만족한 얼굴로 물레를 돌렸고, 뻐꾸기시계는 즐겁게 뻐꾹거리며 시간을 알렸다. 그 와중에 파트라슈는 수많은 환영의 말을 들으며 귀한 손님으로 거기서 머물렀다. 하지만 넬로가 없는 곳에서는 어떤 평화나 풍요도 파트라슈의 마음을 흔들지 못했다.

식탁 위에 모락모락 김이 나는 저녁식사가 놓이고 크고 즐거운 목소리가 울려 퍼졌다. 아기 예수 앞에는 알루아를 위해 고르고 고른 선물이 놓였다. 파트라슈는 기회만 노리고 있다가 새로 들어온 손님이 무심히 열어놓은

문 사이로 빠져나갔다. 그러고는 힘없고 지친 다리로 힘 닿는 데까지 빨리 움직여서 눈 위를 달려갔다. 파트라슈의 머릿속에는 넬로를 따라가야겠다는 생각뿐이었다. 사람이라면 아마도 맛있는 식사, 기분 좋은 온기, 아늑한 잠자리의 유혹에 잠시 쉬었을 수도 있겠지만 파트라슈의 우정은 그런 것이 아니었다. 파트라슈는 지난날, 한 노인과 어린아이가 길가 도랑에서 다 죽어가던 자신을 찾아낸 때를 기억하고 있었다.

눈은 밤새 계속 내렸다. 이제 밤 10시가 다 되어서 넬로의 발자국도 거의 지워지고 없었다. 파트라슈가 넬로의 냄새를 찾는 데는 오랜 시간이 걸렸다. 간신히 찾았는가 하면 금방 놓치고, 놓쳤다가 다시 찾고, 또 놓치고 찾기를 수도 없이 했다.

몹시도 궂은 밤이었다. 길가의 십자가 밑에 켜둔 등불은 바람에 꺼져버렸고 거리는 빙판으로 변했다. 한 치 앞도 볼 수 없는 칠흑 같은 어둠이 사람의 흔적을 모두 지워버렸다. 바깥에 살아 있는 것이라고는 없었다. 소들은 전부 우리로 들어가 있었고, 오두막과 농가의 사람들은 모두 집 안에서 잔치를 즐겼다. 혹독한 추위 속에 밖에 나와 있는 것은 파트라슈뿐이었다. 늙고 허기진 몸이 아팠지만 파트라슈는 크나큰 사랑의 힘과 끈기로 버티며 넬로를 찾아다녔다.

눈이 새록새록 내려 잘 보이지 않았지만 넬로의 흔적은 안트베르펜으로 가는 익숙한 길로 곧장 이어져 있었다. 파트라슈가 발자국을 따라서 도시 안으로 들어서서 좁고 구불구불하고 음울한 길로 들어섰을 때는 이미 자정이 지나 있었다. 도시는 완전히 깜깜한 어둠에 잠겨 있었다. 집 덧문 사이로 새어 나오는 불그스레한 빛과 술 취한 사람들이 등불을 들고 노래하며 집으로 돌아가는 모습이 간간이 보일 뿐이었다. 거리는 얼음으로 뒤덮여 온통 하얗고, 높은 담과 지붕은 거무스름한 빛을 내며 대비를 이루었다. 사방이 쥐 죽은 듯 조용했다. 거리를 휩쓸고 지나가는 바람이 삐걱거리는 간판을 때리고 높다란 가로등을 흔들어대는 요란한 소음 말고는 거의 아무런 소리도 들리지 않았다.

눈 위에는 수많은 발자국이 찍혀 있었고 길은 여러 갈

래로 교차했다. 파트라슈가 흔적을 놓치지 않고 넬로의 발자국을 따라가기란 여간 힘든 일이 아니었다. 하지만 추위가 뼛속을 파고들고, 뾰족한 얼음에 발이 찢기고, 허기가 쥐처럼 몸을 갉아 먹어도 파트라슈는 포기하지 않았다. 형편없이 여윈 몸으로 부들부들 떨면서도 참고 또 참으며 사랑하는 친구의 흔적을 쫓았다. 넬로의 발자국은 안트베르펜의 심장부에 있는 대성당의 계단으로 이어지고 있었다.

'넬로는 자신이 그토록 원했던 걸 찾아간 거구나.'

파트라슈는 확신하면서도 그런 넬로를 이해할 수 없었다. 파트라슈에게 예술에 대한 넬로의 열정은 이해하기 어렵고 신성하기까지 한 것이었기 때문이다. 그렇지만 마음 한편으로는 슬픔과 안쓰러움이 가득했다.

대성당의 입구는 자정 미사가 끝난 뒤 잠그지 않은 채였다. 관리인들이 빨리 집에 가서 잔치를 즐기거나 자고 싶은 간절한 마음에, 아니면 열쇠를 제대로 돌렸는지도 모를 정도로 너무 졸린 탓에 여러 개의 문 중 하나를 부주의하게 잠그지 않았던 것일 수도 있다. 이 때문에 파트라슈가 찾던 발자국은 성당 안으로 이어졌고 돌바닥 위에 하얀 눈 자국을 남겼다. 파트라슈는 눈이 떨어져 하얀 실처럼 얼어붙은 흔적을 따라 둥근 천장으로 덮인 거대하고도 지극히 고요한 공간을 지나 성단소로 곧장 나아갔다. 그리고 돌바닥 위에 쓰러져 있는 넬로를 발견했다. 파트라슈는 살며시 다가가 넬로의 얼굴을 건드렸다.

파트라슈는 이렇게 말하는 것 같았다.

"내가 의리도 없이 너를 버릴 거라고 생각했어? 내가 개라서?"

넬로는 낮게 신음하며 몸을 일으키더니 파트라슈를 끌어안으며 속삭였다.

"여기 누워서 같이 죽자. 사람들에겐 우리가 필요 없어. 우린 외톨이야."

넬로가 울먹거렸다.

파트라슈는 대답이라도 하듯이 가까이 다가가서 어린 소년의 가슴 위에 자기 머리를 놓았다. 커다란 눈물방울이 파트라슈의 갈색 눈동자에 맺혔다. 자신을 위한 눈물은 아니었다. 파트라슈는 지금 행복했다.

넬로와 파트라슈는 살을 에는 추위 속에 함께 누웠다. 북쪽 바다에서 플랜더스의 둑을 넘어 불어오는 돌풍은 파도치는 얼음처럼 생명이 있는 것을 모두 얼려버렸다. 돌로 된 광대한 아치형 건물의 안에는 눈 덮인 들판보다도 더 매서운 한기가 감돌았다. 가끔 박쥐가 어둠 속에서 날아다니거나 죽 늘어선 조각상 위로 희미한 불빛이 비치기도 했다. 루벤스의 그림 아래에서 둘은 가만히 누워 있었다. 추위에 마비되어 감각이 없어진 넬로와 파트라슈는 비몽사몽 잠에 빠져들었다. 둘은 함께 지난날을 꿈꾸었다. 여름날 꽃이 듬성듬성 피어 있는 푸른 초원을 함께 달리는 꿈을, 강가의 키 큰 골풀 속에서 바다로 나가는 배를 바라보며 햇살 아래 앉아 있는 꿈을 꾸었다.

갑자기 어두컴컴한 넓은 복도에 한줄기 하얀빛이 비쳤다. 꽉 찬 달이 구름 사이로 얼굴을 내민 것이었다. 눈은 이미 그쳤고 달빛에 눈이 반사되어 새벽녘처럼 밝아졌다. 달빛은 둥근 천장을 통과해 루벤스의 두 그림을 환하게 비추었다. 넬로가 성당에 들어왔을 때 그림을 가리고 있던 가리개 천을 걷어버렸던 것이다. 〈십자가에 올려지는 그리스도〉와 〈십자가에서 내려지는 그리스도〉가 한순간 모습을 드러냈다.

넬로는 일어나더니 그림을 향해 두 팔을 뻗었다. 주체할 수 없는 황홀경에 빠져 아이의 창백한 얼굴에서 기쁨에 찬 눈물이 반짝거렸다.

"마침내 그림을 봤어! 오, 하느님, 이제 됐습니다!"

넬로는 큰소리로 외쳤다. 팔다리에 힘이 빠져서 무릎을 털썩 꿇기는 했지만 눈은 여전히 자신이 숭배하던 걸작을 바라보고 있었다. 잠깐이지만 달빛은 넬로가 그토록 오랫동안 보길 바랐던 신성한 그림들을 보여주었다. 빛은 마치 천국에서 흘러나온 듯 맑고 포근하고 강했다. 그러다 갑자기 빛이 사라졌고, 다시 짙은 어둠이 예수의 얼굴을 덮어버렸다.

"그곳에 가면 그분의 얼굴을 볼 수 있을 거야. 그분은 우리 둘을 갈라놓지 않을 거야."

넬로는 파트라슈의 몸을 끌어안으며 속삭였다.

다음 날, 안트베르펜 사람들은 대성당의 성단소 옆에서

넬로와 파트라슈를 발견했다. 둘 다 죽어 있었다. 그날 밤의 추위가 어린 생명과 늙은 개의 생명을 같이 얼린 것이다. 크리스마스 아침이 밝아왔고 사제들이 성당으로 들어왔다. 그들은 소년과 개가 돌 위에 함께 누워 있는 모습을 보았다. 고개를 드니 루벤스의 위대한 그림을 덮고 있던 천이 걷혀 있고, 싱그러운 아침 햇살이 가시 면류관을 쓴 그리스도의 머리를 어루만지고 있었다.

얼마 후 엄하게 생긴 중년 남자가 찾아와 무릎 꿇고 흐느끼며 말했다.

"내가 이 아이한테 잔인하게 굴었어요. 이제라도 그 대가를 치르겠습니다. 내 재산의 반을 주고 내 아들처럼 대해주려고 했는데……."

또 얼마가 지나자 씀씀이도 마음도 너그러운 이름난 화가가 찾아와 사람들에게 말했다.

"어제 상을 받아야 했을 아이를 찾고 있습니다. 보기 드문 천재성과 잠재력을 가진 소년입니다. 황혼 녘에 늙은 나무꾼이 쓰러진 나무 위에 앉아 있는 게 다지만 훌륭한 미래가 엿보이는 그림이었습니다. 아이를 찾으면 제가 데려다 그림을 가르칠 생각입니다."

곱슬곱슬한 금발 머리의 여자아이가 아빠의 팔에 매달려 목 놓아 울면서 소리쳤다.

"오, 넬로, 돌아와! 우린 너를 맞을 준비가 되었단 말이야. 아기 예수의 손에는 선물이 가득하고, 피리 부는 할아버지는 우릴 위해 연주할 거야. 엄마는 크리스마스 기간 내내 난롯가에서 밤을 구워 먹으며 함께 지내도 된대. 아니, 공현축일(그리스도를 왕 중의 왕으로 찬미하는 축일로, 연중 마지막 주일)까지! 파트라슈도 아주 행복해할 거야! 오, 넬로, 제발 정신 차려!"

하지만 창백한 어린아이의 얼굴은 루벤스의 빛나는 걸작을 올려다볼 뿐이었다. 미소 띤 얼굴은 모두에게 이렇게 말하는 것 같았다.

"너무 늦었어요."

얼어붙은 추위 사이로 종소리가 부드럽게 울려 퍼졌고, 햇빛은 눈 덮인 설원을 비추었다. 사람들은 삼삼오오 모여서 즐겁고 신나게 거리를 돌아다녔다. 이제 넬로와 파트라슈는 사람들에게 자비를 구걸하지 않아도 되었다. 그들에게 필요한 모든 것은 안트베르펜이 주었기 때문이다.

넬로와 파트라슈에게 죽음은 오래 사는 것보다 자비로운 일이었다. 죽음은 올곧은 애정을 지닌 한 생명과 충직한 믿음을 가진 다른 생명을, 애정에 대한 보상도 없고 믿음도 실현되지 않는 세상으로부터 데려갔다.

생전에 함께였던 그 둘은 죽어서도 떨어지지 않았다. 둘이 발견되었을 때 아이의 팔이 개를 꼭 끌어안고 있어서 억지로 떼어놓을 수가 없었다. 마을 사람들은 자신들의 잘못을 깊이 뉘우치며 넬로와 파트라슈에게 특별한 은총이 내리기를 빌었다. 영원히 함께 쉴 수 있도록…….

뉘른베르크의 난로

1

아우구스트는 '할'이라는 작은 마을에 살았다. 오스트리아와 독일에서 할은 흔한 마을 이름이다. 하지만 '인'강 상류에 있는 할은 특별했다. 그곳은 옛 정취를 매우 잘 간직한 매력적인 마을이었다. 아우구스트는 자신이 사는 곳 외에는 잘 몰랐다. 그곳은 드넓게 펼쳐진 푸른 초원과 높은 산으로 둘러싸여 있었고 빙하가 녹아내린 회녹색 물이 골짜기를 따라 세차게 흘렀다. 잘 포장된 도로 주변에는 격자무늬 쇠창살을 댄 작고 매혹적인 가게가 예쁘게 늘어서 있었다.

할에는 아주 오래되고 웅장한 고딕 성당도 있었다. 빛

과 그림자가 우아하게 섞여 있는 성당에는 죽은 기사들의 대리석 무덤이 있었고, 성당이 으레 그러하듯 무한한 힘과 안식을 보여주었다. 그리고 그곳에는 검은색과 하얀색으로 된 화폐 주조소의 탑이 초록색 평야에 우뚝 서서 기다란 나무다리와 물살이 빠른 너른 강을 내려다보고 있었다. 구치소로 사용되는 오래된 성도 있었다. 그곳은 총격을 위해 벽에 총안도 뚫려 있었고, 프레스코 벽화는 물론이고 금박과 갖가지 색으로 칠한 문장 장식이 있었으며 '1530'이라는 연도가 새겨진 중세 병사의 석상이 벽감에 세워져 있었다.

마을에서 조금 더 나가면—그래 봤자 손이 닿을 듯한 곳이기는 하지만—수도원이 하나 있었다. 그곳에는 아름다운 대리석 기둥과 무덤, 나무로 조각한 어마어마하게 큰 그리스도 수난상과 그리고 묘지가 있었다. 그 옆에는 아주 호사스러운 작은 예배당도 있었다.

작은 마을 할은 과거를 고스란히 보존하고 있었다. 그곳을 걸어가고 있노라면 마치 성인들과 전사들을 그려 넣은 중세 시대의 기도서를 펼쳐보는 것 같았다. 수많은 유적과 역사의 향기가 가득하여 아주 깨끗하고 고요하고 고결해 보였다. 이 마을을 칭송하는 사람이 아직 아무도 없다는 게 놀라운 정도다. 우리 시대보다 더 평화롭고 더 용감했던 옛날의 경건한 영웅의 정신은 여전히 그곳에 남아 있었다. 산들이 사방을 둘러싼 풍경만으로도 평화롭고 강인하며 위엄이 있는 곳이었다.

몇 년 전, 아우구스트 슈트렐라는 가족들과 함께 키다란 성당이 있는 광장 근처에 살았다. 광장은 울퉁불퉁 불규칙하기는 해도 돌로 포장되어 있었다.

당시에 아우구스트는 아홉 살의 작은 소년이었다. 통통한 얼굴에 붉은 뺨, 커다란 갈색 눈을 하고 잘 익은 밤처럼 탐스러운 밤색 곱슬머리가 찰랑거렸다. 아이의 어머니는 돌아가셨고, 아버지는 가난했으며 집에는 먹여 살려야 할 입이 많았다. 이 고장의 겨울은 아주 길고 추웠다. 몇 달 동안 온 세상이 눈에 덮여 있었다.

끔찍하게 춥고 음울하던 어느 겨울밤, 아우구스트는 추위에 빨갛게 트고 감각이 없어진 손으로 맥주가 담긴 병을 들고 집으로 가고 있었다. 선량한 마을 사람들은 이중

덧창을 닫고 있었다. 예스럽고 진기한 쇠 격자창 뒤에서 등불 몇 개가 희미하게 깜빡였다. 얼어붙은 추위 속에 밝게 빛나는 별들 아래서 온통 하얀 눈으로 덮인 산은 웅장하고 아름다웠다.

많은 눈이 내렸고 마을 사람들은 얼른 침대로 들어갔기 때문에 거리에는 사람이 거의 없었다. 신도 몇 명이 저녁 미사 후에 집으로 돌아가고 있었고, 집배원이 피곤한 얼굴로 여관 앞에 썰매를 대놓고 술이 달린 뿔피리를 불고 있었다. 그리고 다 낡아 너덜너덜해진 양가죽 코트로 맥주를 감싸 안은 어린 아우구스트만이 밖을 돌아다니는 사람 전부였다. 하지만 아무리 마음이 급해도 아이는 맥주를 쏟을까 봐 뛸 수 없었다. 소년은 몸이 반쯤 얼어 있었고 인적 없는 밤거리가 조금 무서웠지만 혼잣말을 하면서 용기를 냈다.

"금방 사랑하는 히르슈포겔하고 같이 있을 수 있어."

아이는 거리를 지나 계속 걸었다. 이윽고 구치소 병사의 석상을 지나 큰 성당의 어귀에 들어섰다. 거기서 멀지 않은 곳에, 문간에는 베들레헴의 모습이 새겨져 있고 벽에는 동방박사 세 사람이 예수의 탄생을 축하하러 가는 그림이 그려진 집이 있었다. 바로 아이의 아버지 카를 슈트렐라의 집이었다. 소년은 오늘 오후에 꽁꽁 언 들판과 하얀 눈밭이 펼쳐진 성문 밖으로 심부름 다녀오는 길이었다. 그런데 생각보다 일이 늦어져 어느새 날이 어두워진 것이다.

걸음을 내디딜 때마다 뒤에서 늑대 울음소리가 들리는 것 같았다. 벌렁이는 작은 심장을 부여잡고 잔뜩 겁에 질려 마을에 도착한 아이는 첫 번째 성소 아래에 켜진 등불 하나를 보자 마음이 조금 가라앉았다. 하지만 그래도 아이는 맥주를 사 오라는 심부름을 잊지 않았고, 손이 마비될 지경이어서 병을 떨어트릴까 봐 조심조심 들고 오는 길이었다.

오래된 나무집들의 세모난 박공지붕과 멋을 부린 처마 끝마다 눈이 쌓여 아름답게 흰색 띠를 둘렀다. 문 앞에 달린 금박 간판, 등불, 포도, 독수리 같은 예스러운 물건들 위에 달빛이 내렸다. 갓을 씌운 등불은 벽에 그리거나 나무에 조각한 그리스도의 탄생이나 십자가에 못 박힌 그리스도 그림 앞에서 타고 있었다. 여기저기 덧문이 닫히지 않은 집에서 새어 나오는 불그스레한 불빛은 그 집 안의 정감 어린 모습을 비춰주고 있었다. 아이들이 엄마와 함께 커다란 빵 앞에 둘러앉아 와자지껄 떠들고 있거나 어른들이 구두장이나 이발사가 이야기해준 이웃들의 소문을 전해 듣고 있었다. 그러는 동안 기름 심지는 깜빡이며 빛났고 난로의 통나무는 불꽃을 날름거렸으며 주물 냄비 안에서 알밤이 탁탁 터졌다.

아우구스트는 두 눈을 반짝이며 호기심 어린 눈길로 이 모든 것을 보면서 혹시라도 넘어져서 맥주를 쏟을까 봐 신경 써서 걸었다. 아이가 단단한 참나무 문을 두드리자 한 400년은 된 듯한 문이 활짝 열렸다. 아이는 맥주를 들고 안으로 뛰어들며 명랑하고 힘차게 소리쳤다.

"오, 사랑하는 히르슈포겔, 무서워 죽을 뻔했어. 그래서 온통 네 생각만 하고 왔어!"

아이가 기쁨에 가득 차서 뛰어 들어간 곳은 벽돌이 울퉁불퉁 고르지 못하게 튀어나와 있는 넓고 휑뎅그렁한 방이었다. 방에는 아주 오래된 호두나무로 만든 장과 넓은 전나무 식탁 그리고 의자 몇 개가 전부였지만, 가구들은 나름대로 괜찮았다. 방의 윗목에는 등불 빛으로 온기와 색조를 함께 내보내는, 도자기로 된 탑 같은 게 있었다. 왕의 공작새와 여왕의 보석이 색색으로 빛났고, 그 위에 무장한 군인과 방패, 문장과 꽃이 있었고, 또 그 위 가장 높은 곳에 커다란 황금 왕관이 놓여 있었다.

2

　1532년에 만들어진 이 난로에는 H.R.H.라는 머리글자
가 새겨져 있었다. 그 난로는 뉘른베르크의 위대한 도예
가 아우구스틴 히르슈포겔이 하나하나 직접 만든 것이라
는 뜻이었다. 그래서 온 세상이 다 알도록 그의 이름을 새
겨놓은 것이다.

　누가 보아도 그 난로는 왕의 물건으로 보였고 성에서
쓰던 게 분명했다. 왕궁에서 추기경의 주홍색 양말과 대
공비의 금실로 덧댄 신발을 데웠을 것이었다. 아니면 왕
의 접견실에서 국가의 안위를 근심하는 각료들에게 후끈
거리는 힘을 실어주었음이 틀림없다. 머릿속이 날카롭게

번뜩이도록 말이다. 그 난로가 무엇을 보아왔는지, 어디에 있었고 무엇에 쓰였고 누구를 위해 만들어졌는지 아무도 몰랐다. 하지만 왕실의 물건이 분명했다.

그래도 이 난로가 가난하고 황량한 이 방에 있는 지금보다 더 쓸모 있던 적은 없을 것이다. 가난하고 쓸쓸한 방에 놓인 난로 발치에는 늑대 가죽이 깔려 있었고, 그 위에서 한 무리의 아이들이 시끌벅적하게 뒤엉켜 뒹굴었다. 난로는 그 아이들에게 온기와 편안함을 주었고, 꽁꽁 언 아우구스트를 맞이했다. 아이들 사이에서 기쁨의 함성이 터져 나왔다.

"오, 사랑하는 히르슈포겔, 나 너무너무 추워!"

아우구스트가 난로의 금박을 입힌 사자 발톱에 키스를 하며 말했다.

"도로테아 누나! 아빠는 아직 안 오셨어?"

"응. 늦으실 거야."

도로테아는 검은 머리를 한 열일곱 살 소녀로, 진지하고 다정했지만 어딘지 모르게 슬픈 얼굴을 하고 있었다. 아직 아이 티를 벗지 못했을 때부터 도로테아의 어깨에는 너무도 많은 짐이 얹혀 있었다. 도로테아는 슈트렐라 10 남매 중에서 장녀였다. 그녀 다음으로는 얀, 카를, 오토가 있었다. 그들은 다 커서 조금씩 자기 밥벌이는 했다. 그다음이 아우구스트였다.

아우구스트는 여름에 농부들의 소를 끌고 알프스 산의 높은 곳까지 올라갔지만 겨울에는 자기 접시나 국그릇을 채울 만큼의 일거리조차 구할 수 없었다. 그다음은 알브레히트, 힐다, 발도, 크리스토프가 있었는데 모두 어린아이들로 새끼 새처럼 먹이를 달라고 입만 쩍쩍 벌리고 있었다. 그리고 마지막으로 물망초 같은 눈을 가진 세 살 난 에르멘길다가 있었다. 에르멘길다가 태어나면서 아이들은 엄마를 잃었다.

아이들은 티롤 지방에서 아주 흔한, 오스트리아와 이탈리아의 피가 반반 섞인 혈통이었다. 그래서 백합꽃처럼 하얗고 금발인 아이도 있었고, 까무잡잡하고 막 떨어진 밤처럼 윤기가 흐르는 갈색 머리인 아이도 있었다.

아버지는 착한 사람이었지만 먹여 살려야 할 입이 많아서 늘 지쳐 있었고 일도 많이 하지 못했다. 아버지는 제염소에서 일하며 푼돈을 벌었다. 사람들은 그가 술과 담배에 빠져 살지 않고 더 열심히 일하면 가족을 수월하게 건사할 거라고 말했다. 하지만 이런 말도 아내가 죽은 후에야 듣는 말이었다. 아내의 죽음으로 고난과 힘겨운 생활이 가중되었고, 한 번도 빠릿빠릿하게 돌아가본 적 없는 머리가 더 둔해졌으며, 순한 성격은 한층 더 흐리멍덩하게 변해버렸다. 그래서 슈트렐라네 집 문 앞에는 산에서 내려오는 늑대 말고 빚쟁이라는 늑대가 자주 찾아와 으르렁대는 일이 이따금 있었다.

그렇지만 도로테아에게는 기적처럼 모든 일을 해내는 재주가 있었다. 근면하고 세심하고 지혜롭게 건강한 식사를 준비하고, 빵 한 조각을 스무 배로 부풀리는 그런 기적 말이다. 어린 동생들은 항상 말끔한 행색에 표정도 구김살이 없었다. 수프를 담은 커다란 냄비는 하루에 한 번이라도 꼭 식탁에 올라왔다. 그래도 그들은 여전히 몹시 가난했다.

아버지가 밀가루와 고기와 옷을 꾸어오는 것을 알고 있는 도로테아는 부끄러움에 가슴이 미어졌다. 그래도 커다란 난로를 데울 장작은 돈을 내지 않아도 언제나 풍족했다. 아직 정정한 외할아버지가 나무와 전나무 방울과 석탄연료를 파는 일을 했고, 손녀 손자에게 주는 것을 절대 아까워하지 않았기 때문이다. 비록 사위인 슈트렐라의 불운과 앞날을 생각하지 않는 태도 그리고 현실 감각 없이 사는 꼴에는 혀를 끌끌 찼지만 말이다.

도로테아가 아우구스트에게 말했다.

"아버지가 기다릴 것 없다고 하셨어. 네가 왔으니 우리끼리 먼저 저녁 먹자."

양말을 짜고 셔츠를 기우는 도로테아의 마음은 복잡했지만, 자신의 불안이 동생들에게 옮지 않게 꼭꼭 숨겼다. 도로테아는 가끔 오직 아우구스트에게만 조금씩 속내를 털어놓았다. 아우구스트는 생각이 깊었고 누나에게 언제나 다정했으며 집에 돈 문제가 있다는 것을 알고 있었다. 그래도 그 둘에게 돈 문제가 당장 급하게 와닿지는 않았다. 경비대에서 인 강까지 난 꾸불꾸불한 옛길에 사는 이웃들은 인내심 있고 너그러운 빚쟁이였다.

저녁은 커다란 수프 한 사발이었다. 양파가 둥둥 떠다

니는 국물에 큼직하게 자른 갈색 빵 덩이가 담겨 있었다. 10개의 나무 숟가락이 오가고 사발은 금방 비어버렸다. 손위 형제 세 명은 눈 속에서 온종일 고된 노동을 하고 와서 지친 몸을 침대에 누이자마자 금방 잠들었다. 도로테아는 난로 옆으로 물레를 끌고 와서 돌렸고, 어린 동생들은 아우구스트를 다 낡은 늑대 가죽 위에 앉혀놓고 그림을 그리거나 이야기를 해달라고 시끄럽게 졸라댔다. 아우구스트는 형제자매 사이에서 그림 솜씨가 가장 좋은 화가로 통했다.

아우구스트는 아버지가 대패질해준 송판과 목탄 조각으로 그날 본 것을 그렸고, 동생들이 충분히 봤다 싶으면 팔로 쓱 지우고 다른 것을 그렸다. 사람들과 강아지의 얼굴, 썰매를 타는 사람, 털옷을 입은 할머니, 소나무와 수탉과 암탉 그리고 다양한 동물을 그렸다. 이따금 아주 경건하게 마리아와 아기 예수도 그렸다. 누구도 아우구스트에게 그림을 가르쳐준 적이 없었기에 아주 서툰 솜씨였지만, 그의 그림은 아주 생생해서 그림을 본 동생들은 깔깔 웃기도 하고 입을 벌리고 숨을 멈춘 채 경탄하기도 했다.

아이들은 모두 행복했다. 그러니 밖에 눈이 오든 말든 무슨 상관이 있겠나? 그들의 작은 몸은 따뜻했고 마음은 즐거웠다. 내일 먹을 끼니 걱정을 하는 도로테아까지도 웃었다. 아우구스트는 영혼을 담아서 그림을 그렸고, 작은 에르멘길다는 분홍색 빰을 오빠의 어깨에 올려놓았다. 오후 내내 추위에 떨던 아우구스트의 몸이 훈훈해졌다. 그는 가족 모두에게 온기를 내뿜어주고 있는 난로를 올려다보고 미소 지으며 크게 소리쳤다.

"오, 사랑하는 히르슈포겔! 넌 태양처럼 위대하고 훌륭해! 아니야, 네가 더 낫다고 생각해. 이토록 오랫동안 어둡고 추운 겨울에 태양은 아무도 알 수 없는 곳으로 가버리잖아. 사람들이 태양을 바라다가 죽든 말든 전혀 신경 쓰지 않지. 하지만 너는 언제나 준비되어 있어. 약간의 땔감만 넣어주면 한겨울 내내 우리에게 여름을 만들어주잖아."

오래되고 장엄한 난로는 아이의 칭찬에 무지갯빛 표면을 빛내며 웃는 듯했다. 300년이 넘는 세월 동안 난로가 감사를 받은 적은 별로 없었을 것이다.

이 난로는 아주 호화로운 도료를 칠한 파이앙스 도자

기 난로였다. 얼마나 훌륭했는지 한때 뉘른베르크의 도공들이 질투심에 사로잡혀, 아우구스틴 히르슈포겔이 난로에 파이앙스 도예 기법을 쓰지 못하게 해달라고 관청에 요청할 정도였다. 하지만 그 일의 판결을 맡은 너그러운 관리는 넓은 마음을 증명이라도 하듯이, 훌륭한 동료를 바보로 만들려는 도공들의 소망에 어떤 공감도 보여주지 않았다.

이 난로는 높이도 높았고 폭도 넓었다. 그리고 표면이 반짝반짝 빛났는데, 이는 히르슈포겔이 아내를 처음 만났던 곳인 베네치아에서 배운 마욜리카(이탈리아에서 만든 화려한 장식용 도자기) 도예 기법을 사용했기 때문이었다. 난로의 모서리마다 있는 왕의 조각상은 그의 친구였던 알브레히트 뒤러(독일의 화가이자 판화가로 뉘른베르크에서 태어났다. 독일 르네상스 회화를 완성한 사람)가 동판이나 캔버스에 그려 넣은 것처럼 위엄 있고 호화로웠다. 여러 개의 판으로 나누어져 있는 난로 본체에는 사람의 일생이 알록달록한 색으로 그려져 있었다. 각 판에는 장미와 호랑가시나무와 월계수와 다른 여러 잎이 장식되어 있었고, 검은색 글씨의 독어로 옛날의 튜턴족이나 그 후손인 네덜란드인의 오래된 격언이 적혀 있었다. 그곳 사람들은 굴뚝과 컵과 접시, 깃발에 그런 격언을 새기기를 좋아했다. 난로의 많은 부분이 금박으로 되어 있어 전체적으로 윤이 났으며, 유리 채색화가이자 화학에도 뛰어났던 히르슈포겔 가문 특유의 밝은 색채가 곳곳에서 빛났다.

이 난로는 누가 보아도 웅장하다 할 모양새였다. 히르슈포겔이 인스부르크에서 황제의 손님으로 머물던 시절 티롤 지방의 막강한 군주를 위해 만든 난로였다. 그때 그는 평민의 딸로 태어나 아름다운 얼굴로 대공의 마음을 얻고 지혜로 당당하게 승은을 입은 필리피네 벨저(지혜와 미모가 뛰어났던 페르디난트 2세의 비)를 위한 것도 아주 많이 만들었다.

이 난로가 어쩌다가 할에 오게 되었는지는 아무것도 알려진 게 없었다. 숙련된 석공이었던 아우구스트의 할아버지는 집을 짓던 터에서 흠 하나 없이 멀쩡한 난로를 파냈고, 단지 그걸로 집에 불을 때면 좋겠다는 생각에 집으로 가져왔다. 그게 벌써 60년 전이었다. 그때부터 난로는

넓고 황량한 텅 빈 방에서 슈트렐라 가문을 3대째 따뜻하
게 해주었다.

긴 세월을 지나온 난로는 지금 자신의 발치에 꽃다발
처럼 뭉쳐서 뒹구는 아이들보다 더 예쁜 것은 보지 못했
으리라. 슈트렐라가의 아이들은 가진 것 없이 태어났지만
하나같이 예쁘장했다. 피부가 하얀 아이든 까무잡잡한 아
이든 모두 사랑스러웠다. 성당에 미사를 보러 온 아이들
이 곱슬머리를 늘어뜨리고 두 손을 모은 채 엄숙한 조각
상 아래에 서 있으면 마치 프레스코 벽화에서 아기 천사
가 튀어나온 것 같았다.

3

"아우구스트 형, 재밌는 얘기해줘."

질릴 때까지 목탄 그림을 보고 난 동생들은 어김없이 합창이라도 하듯 일제히 소리를 질렀다. 그러면 아우구스트는 거의 매일 밤 그랬듯이 난로를 올려다보며, 난로에 그려진 사람이 태어나서 죽을 때까지 겪었을 법한 많은 모험과 감정을 상상해서 이야기해주었다.

슈트렐라가 아이들에게 그 난로는 가정의 수호신이며 터줏대감이었다. 아이들은 여름이면 난로 주변에 신선한 이끼를 깔아놓고 초록색 잎이 무성한 가지와 티롤 지방의 아름다운 야생화로 옷을 지어 난로에 입혀주었다. 겨울에는 아이들의 모든 즐거움이 난로에 집중되었다. 난로는 높이가 약 240센티미터나 되었고 꼭대기에는 뾰족탑과 뾰족지붕, 멋진 왕관까지 있었다. 아이들은 크고 우아한 난로의 열정적인 불꽃 앞에서 호두를 깨고 밤을 구울 생각에 학교가 끝나면 얼음과 눈을 넘어 신나게 돌아오곤 했다.

언젠가 떠돌아다니던 보따리장수가 난로에 적혀 있는 글자가 아우구스틴 히르슈포겔을 뜻한다고 말해주었다. 히르슈포겔은 아버지의 뒤를 이어 신성한 예술의 도시 뉘른베르크에서 일한 독일의 훌륭한 도공이자 화가였고 그런 난로를 많이 만들었다고 알려주었다. 옛날 사람들이 그랬던 것처럼 그는 돈이나 명성을 바라지 않고 마음과 영혼과 믿음을 담아 난로를 만들었으며, 그의 난로들은 모두 장인 정신의 아름다운 기적을 보여주었다고도 말했다.

성당에서 멀지 않은 곳에서 골동품을 파는 늙은 무역상도 아우구스트에게 용감한 히르슈포겔 가문에 대해 조금 더 알려주었다. 뉘른베르크에 가면 히르슈포겔 가문의 집이 아직 남아 있고, 그 가문의 시조인 파이트 히르슈포겔(스테인드글라스 공예가)이 성 제발트 성당(독일 뉘른베르크에 있는 고딕 양식의 성당)의 고딕 창문에다 후작과 후작 부인의 결혼식 장면을 그려놓았다고 했다. 파이트의 아들들과 손자들도 전부 도공, 화가, 판화가였는데, 그중 아우구스틴가에서 제일 유명한 이는 북쪽의 루카 델라 로비아(15세기 이탈리아 출신의 조각가이자 도예가)라고 했다.

상상력이 풍부한 아우구스트는 이런 몇 마디 말만 듣고도 머릿속에 히르슈포겔을 생생히 그려냈다. 히르슈포겔이 인스부르크를 방문했을 때 막시밀리안 거리를 오가고, 다리 위에서 에메랄드빛 인 강의 물결을 바라보며 아름다운 영감을 떠올리는 모습이 소년의 눈에 선했다.

아우구스트네 가족들은 난로를 마치 살아 있는 생명체처럼 '히르슈포겔'이라고 부르게 되었다. 어린 아우구스트는 자신의 이름이 이토록 찬란한 작품을 만든 옛 독일의 유명한 천재의 이름에서 따온 것임을 알고 아주 자랑스러운 마음이 들었다. 슈트렐라가의 모든 아이가 난로를 사랑했지만, 특히 아우구스트는 온 마음을 다해 사랑했다. 그는 남몰래 이렇게 다짐하곤 했다.

"나중에 커서 어른이 되면 나도 이런 것들을 만들 거야.

그리고 인스부르크 성문 바로 밖 밤나무가 있는 강 근처
에 집을 짓고 히르슈포겔을 아름다운 방에 데려다 둘 거
야. 내가 어른이 되면 꼭 그렇게 할 거야."

기껏해야 제염소 일꾼의 아들이자 어린 목동인 아우구
스트에게는 원대한 꿈이 있었다. 소 떼를 몰고 드넓은 하
늘이 펼쳐진 고요한 알프스의 고지대까지 올라갔을 때,
아우구스트는 푸른 용담꽃이 바다의 밀물처럼 몰려오는
봄의 파도를 바라보며 굳게 마음먹었다. 소 떼를 몰고 산
을 오르는 일이나 아빠나 할아버지처럼 나무를 해서 마을
로 내려가는 일 같은, 먹고살기 위해 매일 해야 하는 일보
다 더 위대한 꿈을 이룰 거라고 말이다.

산속의 공기를 마음껏 마시고 자란 아우구스트는 튼튼
하고 건강한 아이였다. 구김살이라고는 없었으며 헌신적
으로 가족을 사랑했다. 다람쥐처럼 발랄했고 산토끼처럼
까부는 아이였다. 하지만 소년은 그런 생각을 마음속으로
만 간직했다. 글과 하느님에 대한 경외감 말고는 아무것
도 배운 것이 없었지만, 여러 형제자매 틈바구니에서 고
달프게 자란 아이치고는 꽤 생각이 깊었다.

겨울이면 종종걸음으로 신부님께 교리문답을 배우러 가거나 빵집에 빵을 사러 가거나 아버지의 부츠를 구두 수선공에게 맡기는 일이 고작인 굶주린 아이일 뿐이었다. 여름이면 겨우내 우리에 갇혀 있던 비쩍 마른 소 떼를 몰고 에델바이스가 핀 산으로 갔다. 구름과 눈으로 덮인 산 정상에서 소들은 오랫동안 보지 못했던 밝은 햇빛에 눈을 끔뻑거리고 휘청휘청 걸으면서 목에 달린 방울을 울렸다. 여름철에 아우구스트는 단지 수백 명의 목동 중 한 명일 뿐이었다.

하지만 소년은 항상 생각하고, 생각하고 또 생각했다. 얇은 양가죽 겨울 코트를 입을 때도, 거친 아마로 된 여름 셔츠를 입을 때도 호퍼(티롤 지방의 독립투사)가 그랬던 것처럼 가슴속에 용기를 품었다. 인 강 주변의 사람들은 위대한 호퍼의 이름을 모두 알고 있었다. 아우구스트는 인스부르크에 갈 때마다, 포말이 이는 물레방아 옆을 지나 나무가 우거진 베르크 이젤(티롤 독립 운동의 격전지)고지 밑까지 달릴 때마다 항상 존경하는 마음으로 호퍼를 떠올렸다.

아우구스트는 따뜻한 난로 앞에 엎드린 채 동생들에게

이야기를 들려주었다. 상상력에 불이 붙은 아우구스트의 작고 까무잡잡한 얼굴은 신이 나서 홍조를 띠었다. 난로에 그려진 사람은 요람 속의 아기였다가, 꽃밭에서 노는 소년이었다가, 여닫이창 아래서 한숨 쉬는 연인이었다가, 전장 가운데의 군인이었다가, 아이들에게 둘러싸인 아버지였다가, 힘없고 늙고 눈이 먼 목발을 짚은 사람이었다가 마지막으로 천사들에게 구원받아 하늘로 올라가는 영혼이 되었다.

난로 옆면에 그려진 그림은 항상 아우구스트의 강렬한 흥미를 자극했다. 아우구스트는 그림 속의 사람을 위해 하나의 인생이 아니라 천 가지 인생을 지어냈다. 아우구스트는 동생들에게 좀처럼 같은 이야기를 두 번 들려준 적이 없었다. 그가 가진 책은 『초급 독본』과 『미사전례서』뿐이었고 살면서 동화책을 본 적도 없었지만, 자연의 섭리는 아우구스트에게 상상력을 주었다. 이 상상력은 헤아릴 수 없이 많은 부족한 점을 채워주는 훌륭한 요정 노릇을 했다. 그러나 안타깝게도 요정의 날개는 쉽게 바스러지는 법이다. 일단 날개가 바스러지면 요정도 힘을 잃었다.

도로테아가 물레에서 눈을 떼어 고개를 들며 말했다.

"애들아, 이제 자러 갈 시간이란다. 아빠가 오늘 많이 늦으시는구나. 아빠가 오실 때까지 깨어 있으면 안 돼."

"조금만 더, 도로테아 누나!"

동생들이 졸랐다. 작고 붉은 볼의 금발 머리 에르멩길다가 큰언니의 무릎 위로 올라와서 말했다.

"히르슈포겔이 너무 따뜻해. 침대는 이만큼 따뜻한 적이 없는걸. 아우구스트 오빠, 다른 이야기 하나만 더 해줄래?"

"안 돼."

아우구스트가 큰 소리로 말했다. 이야기가 끝나자 아우구스트의 얼굴에 어렸던 빛은 사라졌다. 이제 그는 진지하게 앉아서 두 손으로 무릎을 감싼 채 난로의 빛나는 당초무늬를 바라보고 있었다.

"크리스마스가 겨우 일주일 남았네."

아우구스트가 불쑥 말했다.

"할머니의 커다란 케이크!"

어린 크리스토프가 깔깔 웃으며 말했다. 다섯 살 난 아이에게 크리스마스는 커다란 케이크 말고 다른 의미는 없었다.

"에르멘길다가 착한 일을 하면 산타클로스가 어떤 선물을 줄까?"

도로테아가 아이의 빛나는 금발 머리 너머로 속삭였다. 가난에 쪼들렸지만, 어린 여동생의 양말에 나무 인형이나 붉은 사과 한 알을 넣어주지 못할 만큼 못살지는 않았다.

"막스 신부님이 내게 커다란 거위를 준다고 약속하셨어. 내가 6월에 송아지의 목숨을 구했잖아."

아우구스트가 말했다. 이번 달에만 스무 번을 말할 정도로 그는 그 일이 참 자랑스러웠다.

"그리고 마일라 이모가 분명히 우리에게 와인이랑 꿀이랑 밀가루 한 통을 보내주실 거야. 항상 그러셨으니까."

알브레히트가 말했다. 암파스 골짜기로 향하는 푸른 산비탈에 사는 마일라 이모는 스위스풍 오두막과 작은 농장이 있었다.

"난 나무를 하러 산에 올라가서 히르슈포겔에게 씌워줄 왕관을 찾아봐야지."

아우구스트가 말했다. 그들은 항상 크리스마스 때면 히

113

르슈포겔에게 소나무 가지와 아이비와 나무 열매로 왕관을 씌워주었다. 열기 때문에 왕관은 금방 시들었지만, 아이들에게는 성당에 가서 성호를 긋고 목소리를 높여 성체성사(미사 중에 주어지는 천주교의 일곱 성사 중에서 가장 큰 성사)에 참여하는 것과 마찬가지로 중요한 행사였다.

아이들은 크리스마스 밤에 할 일에 대해 니도나도 재잘재잘 이야기를 늘어놓기 시작했다. 그들은 양말 속에 금화로 가득 찬 지갑이나 보석이 박힌 인형이 들어 있을 것처럼 행복해했고, 커다란 거위로 끓인 수프가 든 냄비를 왕이라도 부러워할 식사라고 여겼다.

4

아이들의 수다와 웃음소리가 떠도는 가운데로 칼날처럼 차가운 공기와 눈발이 불어닥쳤다. 따뜻한 난로와 늑대 가죽 위에 있어도 한기가 느껴졌다. 집에 돌아온 아버지가 문을 열면서 차가운 바람이 들어온 것이다.

아이들은 아빠를 향해 신나서 달려갔다. 도로테아는 집에 하나 있는 나무로 된 팔걸이의자를 난로 쪽으로 밀어놓았고, 아우구스트는 작고 둥그런 식탁 위에 맥주병을 가져다 놓고 기다란 점토 담뱃대에 담배를 채우려 바쁘게 움직였다. 아버지는 아이들에게 다정했고 좀처럼 화를 내는 법이 없었으며 아이들은 어머니의 가르침대로 예의 바르고 효심이 지극하고 순종적으로 자랐기에 아버지를 반 갑게 맞는 건 익숙한 풍경이었다.

그런데 그날 밤 카를 슈트렐라는 아이들의 환영에 힘 없이 대답하고는 지친 발걸음을 끌고 나무 의자에 털썩 주저앉았다. 담뱃대나 맥주는 눈치채지도 못했다.

"어디 편찮으세요? 아빠?"

도로테아가 물어보았다.

"괜찮다."

카를 슈트렐라는 담뱃대에 붙은 불이 꺼지게 놔둔 채 머리를 숙이고 앉아서 기어드는 목소리로 대답했다. 그는 금발 머리에 키도 컸지만 일찍부터 흰머리가 났고 고된 노동으로 허리가 굽어 있었다. 그가 불쑥 말을 꺼냈다.

"애들을 그만 재우거라."

도로테아는 아버지가 시키는 대로 했다. 아우구스트는 난로 앞에 웅크리고 남아 있었다. 비록 나이는 아홉 살밖 에 안 됐지만, 여름에는 농부들에게서 돈을 받고 일하니 까 자기는 어린아이가 아니라고 생각했다.

아우구스트는 아버지의 침묵에 그다지 주의를 기울이

지 않았다. 아버지는 자주 그랬다. 카를 슈트렐라는 별로 말이 없고 몸도 약했으며 항상 피곤함에 절어서 하루가 끝날 무렵에는 맥주를 마시고 자는 것 말고는 아무것도 하지 않았다.

아우구스트는 늑대 가죽 위에 엎드린 채 반쯤 감긴 눈으로 비몽사몽 커다란 난로의 머리 위에 달린 작은 황금 왕관을 바라보며 생각에 잠겼다.

'누구를 위해 이 난로를 만들었을까? 이 난로는 어떤 근사한 곳에 가보고 어떤 근사한 구경을 했을까?'

아우구스트는 수백만 번은 해본 생각을 떠올리고 또 떠올렸다. 도로테아가 어린 동생들을 침대에 재우고 아래 층으로 내려왔다. 구석에 있는 뻐꾸기시계가 8시를 알렸다. 도로테아는 아버지와 손대지 않은 담뱃대를 보고 말 없이 물레 앞에 앉았다. 그리고 아버지가 술집에서 술을 좀 마셨나 보다 생각했다. 최근에 자주 그랬다.

한참 동안 침묵이 이어졌다. 뻐꾸기시계가 두 번이나 15분이 지났다고 알렸다. 아우구스트는 머리카락으로 얼굴을 덮은 채 잠이 들었고, 도로테아의 물레는 고양이처럼 그르렁거렸다. 갑자기 카를 슈트렐라가 손으로 식탁을 탕 쳤다. 담뱃대가 바닥으로 떨어졌다.

"내가 히르슈포겔을 팔아버렸다."

아버지가 말했다. 창피했는지 그의 거친 목소리는 목구멍으로 기어드는 것 같았다. 물레가 멈췄다. 아우구스트는 졸다 말고 벌떡 일어났다.

"히르슈포겔을 팔다니요!"

아버지가 신성한 그리스도 수난상을 땅바닥에 내던지고 거기에 침을 뱉었다 해도 이보다 더 큰 모독으로 여기고 벌벌 떨지는 않았을 것이다.

카를 슈트렐라가 아까와 같은 거칠고 완강한 목소리로 말했다.

"내가 히르슈포겔을 팔아버렸다! 그런 것들을 수집하는 떠돌이 장사꾼에게 200플로린(화폐 단위로 '은화'를 의미)에 팔았지. 나도 어쩔 수 없었다. 그 두 배나 되는 빚이 있는데…… 아침에 너희가 모두 나가고 없을 때 장사치가 보고 갔다. 내일 난로를 포장해서 뮌헨으로 보낸다더구나."

"오, 아버지! 이 한겨울에 아이들은 어쩌고요!"

도로테아가 낮지만 날카롭게 말했다. 얼굴은 밖에 쌓인 눈처럼 하얗게 질렸고 목은 잠겨서 말을 잇지 못했다.

아직 잠이 덜 깬 아우구스트는 겨울의 감옥에서 나와 햇빛에 비틀대는 소처럼 멍한 눈을 한 채 벌떡 일어났다.

"거짓말이야! 거짓말이라고! 장난하는 거죠, 아버지?"

아우구스트는 그렇게 중얼거렸다.

카를 슈트렐라가 메마른 웃음을 터트렸다.

"진실이 뭔지 알고 싶으냐? 네가 먹는 빵, 냄비 안에 든 고기, 네 머리를 가려주는 지붕도 모두 빚이야. 몇 달째 외상으로 살고 있다. 너희 외할아버지가 아니었으면 나는 아마 올여름과 가을 내내 감옥에 가 있어야 했을 거다. 이제 외할아버지도 인내심이 바닥났고 더는 도와줄 수 없다는구나. 일거리도 없고, 주민들은 젊은이들을 더 선호하지. 그들 말로는 내가 일을 잘 못한다는구나. 그럴 만도 하지. 10명의 배고픈 아이들이 발목을 잡고 끌어당기고 있는데 무슨 재주로 물에 빠지지 않고 배기겠느냐? 네 엄마가 살아 있을 적엔 그래도 달랐지만……, 얘야, 마치 날 미친개라도 되는 양 쳐다보는구나! 너는 저 도자기로

119

된 물건이 신이라도 되는지 아나 보지? 그래도 그건 내줘야 한다. 저 난로는 내일이면 없는 거야. 200플로린은 큰 돈이야. 그 돈이면 잠시는 감옥 신세를 미룰 수 있겠지. 그리고 봄이 오면……."

아우구스트는 온몸이 마비된 것처럼 서서 눈을 크게 뜬 채 믿을 수 없다는 표정으로 아버지를 쳐다봤다. 얼굴은 누나처럼 하얗게 질렸고, 눈물마저 말라버린 채 가슴을 들썩이며 흐느꼈다.

"그럴 수는 없어요. 그럴 수는!"

아이는 바보처럼 같은 말만 계속했다. 그에게 히르슈포겔을 누가 가져간다는 것은, 마치 하늘이 무너져내리고 땅이 꺼지고 천국에서 신의 태양을 뜯어낼 거라고 하는 것과 같았다.

"내 말이 사실인 걸 너도 곧 알게 될 거다."

아버지가 비굴하게 말했다. 하지만 그렇게 말하는 그의 속도 부글부글 끓었다. 돈에 눈이 멀어서 대대로 물려받은 가보이자 아이들에게 안정감과 따뜻함을 주던 난로를 헐값에 팔아버린 자신이 부끄러웠던 까닭이다. 그래서 부러 화를 내며 말했다.

"그 장사꾼이 오늘 밤 내게 절반의 돈을 줬다. 내일 뮌헨으로 보낼 수 있게 난로를 싸면서 나머지 돈을 주기로 했다. 장사꾼이 그 정도 값으로 쳐줄 물건이라면 실제는 더 가치 있는 거겠지. 하지만 장사꾼이 그것만 준다는데 어쩌겠니. 구걸하는 형편에 지금 이것저것 가릴 처지가 아니야. 부엌에 있는 조그마한 검은색 난로를 피우면 웬만큼 따뜻할 게다. 이렇게 가난한 집에 금박에 도료 칠까지 한 물건을 가지고 있으면 뭐하니. 그걸로 200플로린을 벌 수도 있는데?

도로테아, 넌 어머니가 죽었을 때도 그렇게 울지 않았잖아. 그게 도대체 뭐라고……, 말해보거라. 이 난로는 이런 집에 두기에 너무 사치스러운 물건이잖느냐. 슈트렐라 집안 사람들이 그렇게 바보가 아니었다면 벌써 100년 전에 팔아버렸을 거야. 이 난로를 땅에서 파냈을 때 말이야. 장사꾼이 이걸 보자마자 박물관에 있어야 할 물건이라 하더구나. 그러니 박물관에 있어야 할 것은 박물관에 가도록 내버려두자고."

아우구스트는 붙잡혀서 곧 죽게 될 산토끼처럼 비명을 지르고 아버지의 발아래 털썩 무릎을 꿇었다. 그리고 울부짖으며 아버지의 다리를 꽉 부여잡았다.

"아버지! 아버지!"

위로 쳐든 아이의 얼굴은 새파랬고 슬픔으로 일그러져 있었다.

"아버지, 설마 진심은 아니죠? 우리 목숨이고 태양이고 즐거움이자 안식처인 난로를 내주신다고요? 그럼 우린 모두 어둠과 추위 속에서 죽고 말 거예요. 차라리 절 파세요. 어떤 고생을 해도 좋으니 절 아무 장사꾼한테나 마음대로 파세요. 그래도 상관없어요. 하지만 히르슈포겔만은……! 그건 제단에서 십자가를 떼어 파는 것과 같아요.

그냥 농담하는 거죠? 아버지, 팔면 안 돼요! 그러면 안 돼요. 아버지는 항상 다정하고 상냥하셨잖아요. 겨울마다 어머니와 함께 이 따뜻한 난로 옆에 앉아 계셨잖아요. 아버지가 말한 것처럼 이건 그냥 물건이 아니에요. 이 난로는 살아 있어요. 위대한 사람의 생각과 상상이 난로에 생명을 줬단 말이에요. 우린 단지 가난한 아이일 뿐인데 난로는 우릴 사랑해줘요. 우리도 온 마음과 영혼을 다해 이 난로를 사랑해요. 천국에 있는 히르슈포겔 님도 그걸 알 거예요! 제발 들어주세요.

내일 나가서 일거리를 얻을게요! 얼음을 자르거나 눈길을 만드는 일을 하게 해달라고 할게요. 제가 할 수 있는 일이 어디 있을 거예요. 우리가 빚진 사람들한테 기다려 달라고 한번 애원해볼게요. 모두 이웃들이니 기다려줄 거예요. 하지만 히르슈포겔을 파는 건 안 돼요!

안 돼! 절대로! 그 사람에게 다시 돈을 돌려줘요. 그건 어머니의 관에서 수의를 꺼내 파는 것이나 에르멘길다의 황금빛 머리카락을 잘라 파는 것과 같다고 그 장사꾼에게 말해주세요. 아버지! 듣고 계세요? 제발 제 말 좀 들어주세요."

카를 슈트렐라는 괴로워하는 아들 때문에 마음이 아팠다. 그는 아이들을 사랑했다. 아이들 때문에 힘들기도 했지만 아이들의 고통은 곧 자신의 고통이었다. 하지만 아무리 마음이 아파도 아우구스트가 자기에게 반항했다는데 더 화가 났다. 그렇지 않아도 가문의 유산을 헐값에 넘긴 못난 자신이 밉고 경멸스러웠는데 아이가 하는 모든 말이 마음을 찔러댔기 때문이다.

아버지는 슬퍼하는 대신 아들에게 화를 내며 말했다.

"쥐뿔도 모르는 바보 녀석이!"

아버지가 처음 들어보는 거친 목소리로 말했다.

"연극배우처럼 잘도 나불거리는구나. 얼른 일어나서 침대로 가거라. 난로는 이미 팔렸어. 더는 할 말이 없다. 애들은 이런 문제에 끼어드는 게 아니야. 난로는 팔렸고, 내일 뮌헨으로 실려 갈 거다. 그까짓 걸 가지고 왜 이 난리냐? 내가 널 먹여 살려주는 것만으로 고마워해야지. 어서 일어나서 침대로 가라고 했다."

아버지는 말을 멈추고 맥주병을 들더니 아무 근심 걱정 없는 사람처럼 천천히 들이켰다.

아우구스트는 벌떡 일어나서 얼굴에 흘러내린 머리카락을 뒤로 쓸어 넘겼다. 피가 끓으면서 얼굴이 빨개졌다. 아이의 크고 부드러운 눈은 분노로 이글거렸다. 아우구스트가 크게 외쳤다.

"그렇게는 못 할 거예요. 절대로 못 팔아요! 난로는 아버지만의 것이 아니에요. 우리 거라고요!"

아버지는 빈 술병이 산산조각이 나도록 벽돌 위로 힘껏 던졌다. 그는 벌떡 일어나 아들에게 주먹을 휘둘렀고 아우구스트는 바닥에 쓰러졌다. 지금까지 살아오면서 아이에게 손찌검한 것은 그날이 처음이었다.

아버지는 등불을 들고 팔을 짚어 몸을 일으키고는, 흐릿한 눈으로 비틀비틀 방으로 들어갔다. 하지만 그의 눈에는 근심이 어렸다.

잠시 후에 아우구스트가 눈을 떴다. 그러고는 난로 앞의 늑대 가죽 위에 누워 있는 자신을 내려다보며 울고 있는 도로테아 누나에게 물었다.

"어떻게 된 일이지?"

아우구스트가 뒤로 넘어지면서 늑대 가죽이 깔리지 않은 돌바닥에 머리를 세게 부딪친 것이었다. 아우구스트는 한동안 얼굴을 손에 묻고 앉아 있었다.

아우구스트가 아주 낮은 목소리로 나지막이 말했다.

"이제 생각이 나."

도로테아는 폭포처럼 눈물을 흘리면서 동생에게 키스를 퍼부었다.

"아우구스트, 어째서 아버지께 그렇게 버릇없게 굴었니? 그러면 못써."

누나가 속삭였다.

"아니야, 난 잘못한 거 없어."

아우구스트가 대꾸했다.

지금까지는 양 끝이 살짝 치켜 올라가며 미소만 지을 줄 알았던 아우구스트의 작은 입꼬리가 아래로 축 처졌다. 아이는 비통하고 심각하게 입을 앙다물었다.

"어떻게 아버지가 그럴 수 있어? 어떻게? 난로는 아버지 것이 아니야. 우리 모두의 거야. 아버지 것도 되지만 누나 것도, 내 것도 된단 말이야."

아이가 손에 얼굴을 묻고 중얼거렸다. 도로테아는 대답 대신 흐느낄 뿐이었다. 너무 무서워서 아무 말도 할 수 없었다. 집에서 부모님의 권위가 흔들렸던 적은 결코 없었다.

마침내 누나가 입을 열었다.

"아우구스트, 넘어지면서 다쳤니?"

누나는 아우구스트가 너무 창백하고 낯설어 보였다.

"응, 아니. 나도 모르겠어. 그게 무슨 상관이야?"

아우구스트는 얼굴에 욱신거리는 고통을 느끼면서 늑대 가죽 위에 앉았다. 마음속에서는 반항심이 불타올랐지만, 그는 그저 아이일 뿐이었고 아무 힘도 없었다.

아우구스트는 금박을 입힌 히르슈포겔의 발에 눈을 고정한 채 천천히 말했다.

"이건 죄악이야. 도둑질이고 나쁜 짓이야."

"오, 아우구스트, 아버지를 그렇게 말하지 마! 아버지가 무엇을 하시든 우린 옳다고 생각해야 해."

도로테아가 흐느끼며 말했다. 그러자 아우구스트가 크게 웃었다.

"아버지가 술 먹는 데 돈을 쓰는 게 옳다고 생각해? 할 일을 안 하는 건? 일을 얼마나 대충 하면 아무도 일을 안 맡겨? 외할아버지에게 빌붙어 살다가, 히르슈포겔을 팔아? 히르슈포겔은 아버지 것이기도 하지만 우리의 전 재산이란 말이야. 히르슈포겔을 파는 게 지금 옳다는 거야? 세상에! 차라리 내 영혼을 팔겠어!"

"아우구스트!"

도로테아가 안타깝게 애원하며 외쳤다. 그녀는 겁이 더

력 났다. 명랑하고 다정하던 동생이 그렇게 무섭고 불경
스러운 말을 하는 게 믿을 수가 없었다.

아우구스트가 다시 크게 웃었다. 이내 그 웃음은 비통
한 울음으로 바뀌었다. 그는 난로에 몸을 던지고 키스를
퍼붓다가 심장이 터져 나올 듯이 서럽게 울었다.

'내가 무엇을 할 수 있을까? 아무것도, 아무것도 없었다!'

"아우구스트, 얘, 아우구스트."

가엾게도 도로테아가 온몸을 떨면서 속삭였다. 심성이
곱고 순했던 도로테아는 아우구스트의 사나운 감정 폭발
이 무서웠다.

"아우구스트, 거기 누워 있지 말고 침대로 가렴. 밤이
꽤 늦었어. 아침이 되면 진정될 거야. 정말 끔찍한 일이야.
얼어 죽을지도 모르지. 그래, 적어도 어린 동생들은. 그래
도 아빠의 뜻인데 어쩌겠니."

"혼자 있게 놔둬. 제발 혼자 있게 놔둬. 아침이 되면 뭐?
어떻게 그런 말을 할 수 있어?"

아직도 머리부터 발끝까지 울음이 가시지 않은 아우구
스트가 이를 악물고 말했다.

"침대로 가자, 아우구스트. 거기 누워서 그렇게 보지 마! 날 무섭게 하는구나. 침대로 가자."

누나가 한숨을 쉬었다.

"난 여기에 있을 거야. 여기서! 밤새도록! 밤에 와서 가져갈지도 몰라. 혼자 둘 순 없어!"

"하지만 이제 추운걸! 난로의 불도 꺼졌잖아."

"히르슈포겔도, 우리도 이제 따뜻해지는 일은 없을 거야."

아우구스트의 어린 시절이 전부 지나가버렸다. 아이의 명랑하고 솔직하고 발랄한 기질이 난로와 함께 가버렸다. 속에서 올라오는 흐느낌 때문에 목이 막혀서 아이는 시무룩하고 지친 목소리로 말했다. 난로를 팔아버린다는 것은 세상이 끝나는 거나 다름없었으니까.

누나는 아우구스트를 알브레히트, 왈도, 크리스토프가 있는 좁고 복작복작한 침실로 보내려고 동생 옆에서 계속 서성거렸다. 하지만 소용없는 짓이었다.

"난 여기 있을 거야."

아우구스트는 이렇게 말할 뿐이었다. 아이는 그날 밤새도록 그 자리를 지켰다.

5

어느새 등불의 불이 꺼졌고 쥐들이 기어 나와 마룻바
닥을 돌아다녔다. 시간은 꾸물꾸물 자정을 지나고 있었
다. 추위가 점점 심해졌고 방 안의 공기는 얼음장처럼 싸
늘해졌다. 아우구스트는 오색찬란한 난로의 금색 받침대
쪽으로 얼굴을 두고 엎드린 채 꼼짝하지 않았다. 이제 집
안의 가보는 멀고 먼 외국의 도시로 추방당할 테고, 이곳
은 언제나 차갑게 식어 있을 것이다.

아직 어두운 새벽, 아우구스트의 형들 셋이 각각 등불
을 들고 계단을 내려왔다. 채석장, 벌목장, 제염소로 가려
는 것이었다. 형들은 동생이 거기 있다는 것도, 어젯밤에

무슨 일이 일어났는지도 까맣게 몰랐다.

잠시 후 도로테아가 손에 등불을 들고 집안일을 시작하려고 내려왔다. 그녀는 동생에게 살며시 다가가 어깨에 가만히 손을 얹었다.

"얘, 아우구스트, 몸이 꽁꽁 얼었겠다. 아우구스트, 눈 좀 떠봐! 말 좀 해보라니까!"

누나를 올려다보는 아우구스트의 눈빛은 분노에 차 있었고 무섭도록 사나웠다. 도로테아가 처음 보는 눈빛이었다. 아이의 얼굴은 창백하다 못해 잿빛이었고 입술은 붉게 빛났다. 매서운 추위 속에서 아우구스트는 밤새 한숨도 자지 못했다. 가슴을 저미는 슬픔 때문에 비몽사몽 꿈속에서 헤맸다. 몸이 마비되어 감각이 없었다. 그 상태로 춥고 외롭고 끔찍한 시간을 보낸 아이는 마치 다른 사람이 된 것 같았다.

"다시는 따뜻해지지 않을 거야. 다시는!"

아우구스트가 울먹였다.

도로테아는 떨리는 손으로 동생을 꼭 끌어안았다.

"아우구스트! 내가 누군지 알아보겠어? 누나야. 일어나

봐, 일어나! 아직 어둡기는 해도 이제 아침이란 말이야!"

"아침이라고?"

아우구스트가 온몸을 떨며 되물었다.

"외할아버지께 가봐야겠어. 외할아버지는 항상 우리한 테 잘해주셨으니까 우리 난로를 구해주실지도 몰라."

아우구스트는 천천히 일어나서 착 가라앉은 목소리로 말했다. 하지만 소년의 목소리는 묵직한 쇠고리로 문을 쾅쾅 치는 소리에 묻혀버렸다. 열쇠 구멍 사이로 커다랗 고 낯선 목소리가 들려왔다.

"빨리 문 여시오! 꾸물거릴 시간이 없소! 이렇게 눈이 더 오다간 길이 막힐 거요. 문을 여시오! 듣고 있소? 난로 를 가지러 왔소."

아우구스트는 벌떡 일어나며 주먹을 불끈 쥐었다. 그의 눈은 불꽃이 튀는 듯 번뜩였다.

"난로를 건드리지 마! 절대로 손대지 마!"

아이가 소리쳤다.

"누가 감히 우리한테 까부는 거야?"

덩치 큰 바이에른 사람이 자기 앞에 서 있는 분노에 찬

꼬맹이를 보고 껄껄 웃으며 말했다.

"내가 그랬어요! 절대 난로를 가져갈 수 없어요! 차라
리 날 죽이고 가져가세요."

아우구스트가 말했다.

"슈트렐라 씨. 작은 미친개 한 마리를 키우고 있군요.
입에 재갈을 물려야겠소."

아우구스트의 아버지가 방에 들어오자 덩치 큰 남자가
말했다.

그들은 백방으로 손을 써서 어찌어찌 아이의 입을 막
았다. 아우구스트는 작은 악마처럼 싸웠다. 왼쪽 오른쪽
으로 주먹을 날렸으며, 그중 한 방은 바이에른 사내의 얼
굴에 정통으로 들어가서 눈에 시퍼런 멍을 만들어주었다.
하지만 소용없었다. 아이는 곧 네 명의 건장한 사내들에
게 제압되었고, 아버지는 손에 등불도 들려주지 않은 채
아이를 어두운 뒷문 밖으로 내몰았다. 그리고 이 장사꾼
들은 위풍당당하고 아름다운 난로를 조심스레 포장해서
가지고 갈 준비를 했다.

도로테아가 아우구스트를 찾으러 몰래 밖을 내다보았지

만 동생은 어디에도 보이지 않았다. 도로테아는 칭얼대는 에르멘길다를 안고 흐느꼈다. 그동안 다른 동생들은 우두 커니 서서 자신들에게 환한 빛과 따뜻함을 주던 난로 히르 슈포겔이 어디론가 간다는 것을 어렴풋하게 이해했다. 에르멘길다는 안타까움과 서러움에 온몸을 떨며 훌쩍였다.

심지어 이제는 아버지도 미안한 기분이 들었다. 하지만 200플로린이면 큰돈이었고, 어쨌거나 부엌에 까만 철제 난로가 있으니 아이들이 춥지 않게 지낼 수 있을 거라고 생각했다. 이제 와 후회한다고 해도 돌이킬 수 없었다. 뉘른베르크 난로는 팔렸고, 뮌헨에서 온 사람들이 난로를 여러 겹으로 포장해서 나가는 것을 가만히 지켜보는 수밖에 없었다. 눈발이 성성한 길 위에 황소가 끄는 수레가 기다리고 서 있었다.

잠시 후면 히르슈포겔이 가버릴 참이었다. 영원히, 아주 영원히 가버릴 참이었다.

아우구스트는 맞은 곳이 아프고 현기증이 나서 한동안 집 뒤에 기대어 가만히 서 있었다. 집 뒤로는 우물이 있는 이웃집 뒷마당과 연결되어 있어서 그 너머로 뾰족탑과 산

봉우리들이 보였다.

그때 이웃집 할아버지가 절뚝거리며 물을 길으러 마당으로 나왔다가 아이를 보고 말을 걸었다.

"얘야, 너희 아빠가 그 그림이 그려진 커다란 난로를 판다는 게 정말이냐?"

아우구스트는 고개를 끄덕였다. 두 눈에서 왈칵 눈물이 쏟아졌다.

"나 원 참! 그 사람 참으로 어리석구먼!"

이웃 할아버지가 말했다. 그러고는 말을 이었다.

"하늘이시여, 남의 자식 앞에서 그 아비 흉을 보는 걸 용소해주소서! 어쨌든 그 난로는 엄청나게 값어치 있는 물건이었어. 내가 젊었을 적에, 그러니까 너희 증조할아버지셨던 안톤 어른이 살아 계실 때였지. 빈에서 온 어떤 사람이 그 난로를 보더니 같은 무게의 금만큼 가치가 있다고 했단다."

아이는 겨우 멈췄던 울음을 다시 맹렬하게 터트렸다.

"전 히르슈포겔을 좋아해요! 사랑한다고요! 값이 얼마든 관심 없어요. 전 그 난로가 좋아요! 히르슈포겔을 사랑한다고요!"

아우구스트는 울부짖었다.

"가여운 것! 지금 보니 넌 모두가 말하는 것처럼 네 아비보다는 똘똘하구나. 네 아비가 그 난로를 꼭 팔아야 했다면 차라리 저 건너 슈프뤼츠에 사는 사람 좋은 슈타이너 나리에게 가져갔어야 했어. 그분이라면 틀림없이 정직하게 값을 쳐줬을 거야. 그런데 네 아비가 술김에 팔아버린 게 틀림없어. 아마 그 작자들, 네 아비한테 맥주를 먹이고 살살 꼬였을 게다. 어쨌건 내가 너라면 그렇게 울고만 있지 않겠다. 나라면 난로를 찾으러 가겠어."

할아버지가 다정하게 말했다.

순간 아우구스트는 고개를 들었다. 눈물이 뺨을 타고 흘러내렸다.

"네가 더 크면 그 난로를 찾으러 가렴. 세상은 알고 보면 좁단다. 난 한때 떠돌이 시계 수리공이었지. 네 난로를 가져간 사람이 누구든 간에 난로를 안전하게 잘 보살필거야. 비싸게 팔린 물건은 항상 모두가 애지중지하기 마련이다. 이제 그만 울거라. 언젠가 그 난로를 다시 만나게 될 게다."

마음씨 좋은 이웃집 할아버지는 아우구스트에게 조금이라도 위로가 되기를 바라며 물을 뜨러 놋쇠 양동이를 들고 우물로 절뚝거리며 가버렸다.

아우구스트는 벽에 기댄 채 서 있었다. 그의 머릿속은 이제 막 떠오른 새로운 생각으로 윙윙거렸고 가슴은 마구 두근거렸다. 난로를 찾으러 가라는 할아버지의 말이 귓속을 맴돌았다.

소년은 결심했다.

'그래, 함께 가는 거야.'

아우구스트는 난로를 그 누구보다도 사랑했다. 심지어 도로테아 누나보다도 더 사랑했다. 그러다가 잠시 히르슈포겔을 팔아버린 아버지와 마주칠 생각에 움찔했다.

이제 아우구스트는 날아갈 것 같은 행복감에 휩싸여서 불가능해 보이는 일이 불가능해 보이지 않았다. 아주 자연스럽고 흔히 있는 일처럼 여겨졌다. 창백한 뺨은 아직 눈물로 젖어 있었지만, 더는 눈물이 흐르지 않았다. 아우구스트는 마당의 쪽문으로 나가서 성당의 웅장한 고딕 현관으로 달려갔다. 그곳에서 아이는 들키지 않고 아버지가 있는 자기 집을 지켜볼 수 있었다. 집의 한쪽에 도자기를 파는 사람이 세 들어 살았던 까닭에 오스트리아에서 흔히 볼 수 있는 풍경인 파란색과 회색의 물병이 주렁주렁 걸려 있었다. 그런 모습은 오스트리아에서 흔히 볼 수 있는 그림처럼 아름다운 풍경이었다.

아우구스트는 큰 기둥이 우뚝우뚝 서 있는 거대한 성당의 넓은 현관 지붕 아래에 몸을 숨겼다. 그곳은 미사나 저녁 기도에 갈 때 종종 지나다니던 곳이었다. 짚으로 싸인 난로가 집 밖으로 옮겨져서 아주 조심스럽게 소가 끄는 수레에 실리는 모습을 보는 아이의 심장이 쿵쾅쿵쾅 뛰었다.

바이에른 사람 두 명이 난로 옆에 타자 짐을 실은 썰매는 단단한 눈 위를 천천히 미끄러졌다. 눈은 꽁꽁 얼어서 돌처럼 딱딱했다. 유서 깊고 오래된 웅장한 대성당은 그날따라 더욱 위대하고 장엄하게 보였다. 짙은 회색의 석벽, 아치형 천장 밑의 널찍한 통로 그리고 그 자체로도 보통 예배당 하나 넓이만큼은 될 거대한 기둥이 우뚝우뚝 솟은 입구, 거기다 길과 지붕에 쌓인 흰 눈과 대조를 이루는 검은색 철제 램프와 고딕 양식 특유의 괴물 형상이 장식된 기묘한 홈통까지 그러한 분위기를 자아냈다. 하지만 아우구스트의 눈에는 그런 것들이 들어오지 않았다. 그의 눈은 오로지 오랜 친구를 쫓을 뿐이었다.

잠시 후 할에 사는 다른 소년들처럼 작고 눈에 띄지 않는 몸집인 아우구스트는 그의 형제나 누이들에게 들키지 않고 성당 현관을 기어 나와 울퉁불퉁하고 네모난 광장의 완만한 비탈을 지나서 짐마차의 흔적을 따라갔다.

썰매 자국은 제염소 근처의 기차역으로 이어져 있었다. 기차역은 소금가마 일터에서 멀지 않은 곳에 있었다. 작고 깨끗한 할에서 이 구역만 때때로 연기로 뒤덮였다. 그래도 주변을 많이 오염시키거나 그러지는 않았다. 할에서부터 북쪽으로 뻗은 철길은 눈부시게 아름다운 강산을 지나 잘츠부르크, 빈, 프라하, 부다페스트를 향했고 남쪽으로는 브렌네르 고개를 넘어 이탈리아까지 뻗어 있었다. 히르슈포겔은 과연 북쪽으로 가는 것일까, 남쪽으로 가는 것일까? 적어도 그것만은 곧 알게 될 것 같았다.

6

 아우구스트는 자주 그 작은 역 주위를 어슬렁거리면서 열차가 오가고 언덕 사이로 사라지는 것을 구경하곤 했다. 소년이 돌아다니는 것에 대해 뭐라고 하는 사람은 아무도 없었다. 이 평화로운 땅의 사람들은 착하고 순해서, 아이들과 개도 행복하게 지낼 수 있었다.

 아우구스트는 바이에른 사람들이 고래고래 소리치며 싸우는 소리를 들었다. 들어보니 그들은 난로와 함께 기차에 타고 싶어 했으나 난로는 여객 열차에 실을 수 없고 그들이 화물 열차에 탈 수도 없어 실랑이 중인 듯했다. 결국 장사꾼들은 귀중한 짐에 비싼 보험을 들고, 30분 뒤에

할을 통과하는 화물 열차에 난로를 실어 보내기로 했다. 급행열차는 할이라는 마을이 있는지조차 모른 채 그냥 지나칠 때가 많았다.

아우구스트는 그 말을 듣고 작은 가슴으로 굳은 다짐을 했다. 히르슈포겔이 가는 곳이라면 자신도 따라가겠다고……. 그는 잠시 도로테아 누나 생각이 났다.

'차가운 집에 앉아 있을 착하고 불쌍한 나의 누나 도로테아!'

그러나 아우구스트는 마음을 가다듬고 계획을 실천하기 위해 움직였다. 어떻게 했는지 스스로도 명확하게 알 수 없었지만, 북쪽 다뉴브 강이 있는 린츠(빈 서쪽에 있는 오스트리아의 도시)에서 달려온 화물 열차가 할을 떠날 때 아우구스트는 커다란 덮개가 씌워진 짐칸 안에 들어가 난로 뒤에 숨어 있었다.

아이는 아무에게도 들키지 않고 아무도 생각지 못한 곳에 숨어드는 데 성공했다. 짚으로 싸고 밧줄로 감긴 히르슈포겔 옆에는 나무 상자, 시계, 태엽 장치, 빈의 인형들, 터키의 카펫, 러시아 가죽들, 헝가리의 와인 상자 등이 있었다. 아우구스트가 몹시 대담하고 위험한 행동을 한 것은 틀림없지만, 아이는 그런 생각은 전혀 하지 못했다. 머릿속에는 자신의 사랑하는 친구이자 불의 제왕을 따라가겠다는 한 가지 생각밖에 없었다.

화물칸은 아주 어두웠고 문 위쪽에 작은 창문이 하나 있었다. 온갖 물건으로 꽉 차 있었고 러시아산 가죽과 햄에서 역한 냄새 때문에 더 괴로웠다. 하지만 아우구스트는 두렵지 않았다. 그는 히르슈포겔 옆에 있었고 잠시 후에는 좀 더 가까이 있게 될 테니까. 그는 아예 히르슈포겔 안으로 들어갈 생각이었다.

영리한 작은 소년은 운 좋게도 바지 주머니 안에 전날 나무를 패서 번 동전 두 개가 들어 있었고, 그 돈으로 역에서 한 아주머니에게 빵과 소시지를 조금 사두었다. 아우구스트를 아는 아주머니는 아이가 옌바흐(힌스부르크 근처에 있는 산골 마을)의 농장에 사는 요하임 삼촌에게 가는 길이겠거니 하고 생각했다.

아우구스트는 어둠 속에서 아까 산 빵과 소시지를 먹으며 허기를 달랬다. 살면서 기차 비슷한 것도 타본 적이 없는 아이는 기차가 흔들흔들하면서 쿵쾅거리고 온갖 시끄러운 소리를 내는 통에 현기증이 날 것만 같았다. 강인한 게르만 민족의 피가 절반은 흐르고 있는 아이는 그 힘든 상황에서도 꿋꿋하게 음식을 삼켰다. 아침도 못 먹은 데다가 언제 또 먹을 기회가 있을지 모르는 상황이었기 때문이다.

그래도 양껏 먹을 수는 없었다. 언제 먹을 것을 살 수 있을지 알 수 없었기 때문에 적당히 배를 채운 뒤에 작은 생쥐처럼 난로를 싼 짚에 구멍을 뚫는 일에 착수했다. 만약 난로가 나무 상자 안에 들어가 있었으면 엄두도 못 냈을 일이었다. 아이는 난로의 아궁이가 있을법한 곳을 쥐처럼 이로 갉고 물어뜯고 밀고 당기고 하면서 구멍을 냈다. 항상 커다란 통나무 조각을 넣어주던 아궁이가 어디쯤인지는 잘 알고 있었다. 아이를 방해하는 사람은 아무도 없었다.

육중한 기차는 덜커덩거리며 계속해서 움직였다. 기차가 아름다운 산과 빛나는 강물과 드넓은 숲을 지나갔지만 아이는 아무것도 볼 수 없었다. 아우구스트는 열심히 밀짚과 꼬인 밧줄을 헤쳤다. 마침내 잘 알고 있는 난로의 아궁이가 나왔다. 아우구스트만 한 나이의 아이가 들어갈 수 있을 만큼 아궁이는 넓었다. 그것이 아이가 믿고 있던 구석이었다. 집에서도 자주 재미로 그랬던 것처럼 아이는 그 안으로 쏙 들어가서 몸을 말고 오랫동안 버틸 수 있을지 보았다. 할 만한 것 같았다. 난로의 놋쇠 장식을 통해 공기도 들어왔다. 아우구스트는 아이치고 놀랄 만큼 세심하게 아궁이 밖으로 팔을 뻗어 지푸라기를 다시 오므려놓고 밧줄을 묶었다. 작은 쥐 한 마리조차 난로 안에 있다고 생각하지 못할 만큼 감쪽같이 해놓았다. 그런 다음 진짜 쥐는 아니지만 겨울잠을 자는 쥐처럼 몸을 웅크렸다.

정말 추웠지만 그토록 사랑하는 히르슈포겔 안에서 안전한 기분이 든 아이는 마치 알브레히트와 크리스토프 사이의 자기 잠자리에 누워 있는 것처럼 그대로 잠이 들었다. 기차는 계속 덜컹거리며 달려갔고, 화물 열차가 으레 그러하듯 자주 멈춰 섰고 오래 쉬었다. 기차는 눈 쌓인 한밤중에 개의 눈처럼 불을 밝힌 채, 기관차 앞에 붙은 뾰족한 제설기로 눈을 헤치며 산골짜기로 덜컹덜컹 들어갔다.

기차는 육중한 몸집으로 천천히 굴러갔고 아우구스트

는 꽤 오랫동안 단잠을 잤다. 아이가 깨어났을 때 바깥은 꽤 어두워져 있었다. 아우구스트는 칠흑 같은 어둠 속에 있어서 아무것도 볼 수가 없었다. 갑자기 아우구스트는 덜컥 겁이 나서 덜덜 떨다가 집에 두고 온 가족들 생각에 마음이 아파서 소리 죽여 훌쩍훌쩍 울었다.

'불쌍한 도로테아 누나! 얼마나 걱정할까! 온 마을을 뛰어다니며 찾아 헤맬 거야. 암파스 마을의 외할아버지에게도 가보겠지? 아마 요하임 삼촌한테 도망갔을지도 모른다는 생각에 옌바흐에 사람을 보낼지도 몰라!'

슬퍼하고 있을 다정한 누나를 생각하니 양심의 가책이 느껴졌다. 하지만 다시 돌아가고 싶다는 생각은 조금도 들지 않았다.

'한 번 히르슈포겔을 놓치면 어떻게 다시 찾지? 동서남북 중에서 히르슈포겔이 어디로 갔는지 어떻게 알겠어?'

나이 든 이웃집 할아버지는 세상이 좁다고 했지만 그 좁은 세상에도 엄청나게 많은 장소가 있다는 것쯤은 아우구스트도 알고 있었다. 아이는 학교 벽에 걸려 있던 지도를 본 적이 있었다. 만약 다른 아이가 아우구스트와 같은 상황에 처했다면 무서워서 어쩔 줄 몰라 했을 것이다.

하지만 아우구스트는 용감했고 신과 히르슈포겔이 자신을 보살펴줄 거라는 강한 믿음이 있었다. 뉘른베르크의 위대한 도예가는 언제나 아이의 마음속에 존재했다. 이 도자기 탑을 만든 사람의 다정하고, 상냥하고, 자애로운 영혼이 그 속에 깃들어 있는 게 분명했다.

말도 안 되는 상상이라고? 하지만 모든 아이의 영혼은 아우구스트처럼 별난 상상을 하기 마련이다.

그래서 완전한 어둠 속에 있었지만 아우구스트는 자신의 공포와 슬픔을 모두 이겨낼 수 있었다. 난로는 워낙 컸고 위쪽으로 놋쇠 장식이 빙 둘러 있어 공기도 잘 통했으며 전혀 비좁다는 생각도 들지 않았다. 아이는 또 배가 고파져서 다시 신중하게 빵과 소시지를 조금씩 아껴 먹었다. 하지만 지금이 몇 시인지는 도무지 알 길이 없었다. 매번 기차가 멈출 때마다 쿵쾅거리는 소리, 저벅거리는 발소리, 고함지르는 소리, 쇠사슬이 철컹거리는 소리가 들렸고 그때마다 아이는 심장이 튀어나올 만큼 놀라곤 했다.

'만약 사람들이 나를 발견하면 어쩌지!'

가끔 짐꾼들이 와서 이 상자나 저 상자를, 여기에 있는 자루를, 저기에 있는 곤포를, 이제 커다란 가방을, 방금은 샤모아 가죽(기름 무두질 가죽의 대표적인 것으로, 현재는 주로 사슴 가죽을 사용)을 가져갔다. 매번 짐꾼은 아우구스트 가까이까지 와서 쿵쾅거렸고, 욕지거리를 하고 이것저것을 앞뒤로 쿵쿵 던졌다. 아이는 들킬까 봐 잔뜩 긴장해서 숨이 멎을 것만 같았다.

'난로를 가지러 왔다가 들키면 어떻게 하지? 짐꾼들한테 들키면 죽임을 당할지도 몰라.'

아이는 어둠 속에서 내내 이런 생각을 했다.

화물 열차는 아주 느렸고, 급행열차가 몇 시간이면 갈 거리를 며칠에 걸려서 갔다. 그래도 이 기차는 바이에른 왕의 물건을 싣고 있어서 다른 기차보다 빠른 편이었다. 우편 기차라면 반나절에 갈 거리를 짧은 겨울 낮과 긴 겨울밤 그리고 또 반나절을 더 돌아갔다. 기차는 아름답고 장엄한 계곡을 가로질러 쿠프슈타인 요새를 지나갔다. 쿠프슈타인 요새는 오스트리아의 적국인이라면 아무도 지나갈 수 없게 철통같이 지키고 있었다.

12시간이 지난 후, 외딴 역에서 잠시 쉰 기차는 바이에른 국경의 아름다운 로젠하임을 지나게 되었다. 여기서 짐꾼들은 아우구스트가 안에 들어 있는 뉘른베르크의 난로를 조심스레 들어 올려서 포장된 상태 그대로 옮겼다.

짐꾼들이 난로를 들어 올릴 때 아이는 터져 나오는 비명을 참느라 애썼다. 짐꾼들이 커다란 난로를 들어 올려 옮기는 동안 아이는 그 속에서 이리저리 굴러다녔다. 아이가 사랑해 마지않는 불의 제왕은 오리털 쿠션이 아니라 전체를 모두 흙으로 빚어 만든 도자기였다.

사람들이 난로가 무겁다며 욕을 하고 툴툴댔지만, 살아 있는 아이가 안에 들어 있으리라고는 전혀 의심하지 못했다. 사람들은 난로를 역에서 싣고 나와 화물 창고 처마 밑에 내려놓았다. 화물 창고에서 남은 밤을 보냈고, 다음 날 아침까지 아우구스트는 난로 안에 있었다.

7

원래 로젠하임은 초겨울의 바람이 매서웠다. 광대한 바이에른의 평원은 모두 광활한 눈밭이었다. 시도 때도 없이 철길의 눈을 치워주는 일꾼들이 없었다면 제아무리 대단한 기차도 달리지 못했을 것이다.

아우구스트로서는 다행스럽게도 포장이 워낙 두텁고 난로 자체도 원체 튼튼해서 추위를 어느 정도는 참을 수가 있었다. 그렇지 않았다면 아우구스트는 얼어 죽고 말았을 것이다. 아우구스트에게는 아직 빵이 남아 있었고 아주 약간의 소시지가 남아 있었다. 하지만 정작 아우구스트를 괴롭힌 것은 목마름이었다.

목이 마르자 아이는 두려움이 몰려왔다. 왜냐하면 도로
테아 누나가 언젠가 들려준 난파선 선원들의 이야기가 생
각났기 때문이다. 짠 바닷물 말고는 마실 물이 없어서 고
통받다가 죽었다는 내용이었다. 집에 있는 오래된 펌프의
나무 주둥이에서 나오는 물을 한 모금 마신 뒤로 벌써 여
러 시간이 지났다. 아우구스트네 펌프에서는 산에서 내려
온 얼음처럼 차갑고 톡 쏘는 물이 콸콸 나왔다.

어쨌거나 아우구스트로서는 다행스럽게도 난로에 '취
급주의, 귀중품'이라고 쓰여 있어서 여느 짐짝처럼 취급
받지 않았다. 로젠하임의 역장은 그 화물을 받게 될 사람
이 누구인지 알고 있었고, 난로를 새벽녘에 그곳을 떠나
는 기차에 실어 보내기로 했다.

역을 출발하는 기차 안에는 빈, 프라하, 부다페스트, 잘
츠부르크 등지로 가는 여행객들의 짐이 실려 있었다. 그
중에는 아우구스트도 있었다. 아우구스트는 여전히 다른
여행객들의 짐과 함께 난로 안에서 들키지 않고 땅속에서
겨울잠을 자는 두더지처럼 웅크리고 있었다. '취급주의,
귀중품'이라는 글을 본 짐꾼들은 히르슈포겔을 조심스레

들었다. 아이는 자기가 갇힌 감옥에 익숙해졌다.

기차는 끊임없이 덜컹거리고 흔들렸다. 근대의 발명품이라며 아주 강하고 편리하다고 뽐내는 것 같은 기차는 항상 이 모양이었다. 캄캄한 어둠 속에서 아이는 목이 타 들어 가는 듯했다. 아우구스트는 커다란 뉘른베르크 난로의 도자기 벽을 만지며 나지막한 목소리로 속삭였다.

"나를 지켜줘. 사랑하는 히르슈포겔!"

아우구스트는 '집에 보내줘'라고 말하지 않았다. 난생처음으로 세상 밖으로 나온 아이는 조금이나마 세상 구경을 하고 싶었다. 아우구스트는 기차가 덜컹거리고 으르렁거리고 칙칙 소리를 내는 걸 듣고 느끼면서 자신과 난로가 온 세상을 다 돌았다고 생각했다.

어둠 속에 갇혀 있자니 아이는 외할아버지 집에서 불가에 둘러앉아 들었던 모든 이야기가 하나둘 떠올랐다. 땅속의 보물을 지킨다는 땅의 요정 노움과 장난꾸러기 꼬마 요정인 엘프와 땅속 괴물 그리고 밤의 검은 말을 타고 다니는 얼 킹(아이들을 죽음의 나라로 유인하는 요정의 왕으로 북유럽 신화에 나옴) 그리고 또⋯⋯.

아우구스트는 다시 훌쩍훌쩍 울며 떨기 시작했다. 이번에는 애써 소리를 죽여 울지 않았다. 다행히도 기차가 증기를 내뿜는 소리가 하도 커서 누가 옆에 있었다 해도 듣지 못했을 것이다. 그리고 잠시 후에 열차는 철커덩 끼익하며 멈췄다. 난로 안에 갇혀 있던 아우구스트에게도 큰 소리로 외치는 사람들의 목소리가 들렸다.

"뮌헨! 뮌헨!"

아우구스트는 자신이 바이에른의 심장부에 왔음을 알았다. 아우구스트의 삼촌은 바이에른 숲에서 경비대 총에 맞아 죽었다. 검은 곰을 사냥하는 재미에 빠져 그만 티롤 국경을 넘어버린 것이었다. 죽은 삼촌은 젊고 용맹한 산양 사냥꾼이었고, 아우구스트에게 탄약을 장전하고 방아쇠를 당기는 법을 가르쳐주기도 했다. 그 삼촌의 운명 때문에 아이에게 바이에른은 이름만으로도 공포 그 자체였다.

"바이에른이야! 바이에른 땅이야!"

아이는 난로 안에서 흐느끼며 말했다. 하지만 난로는 아무런 대답도 하지 않았다. 난로 안에는 불꽃이 없었으니까. 사람이 빛이 없으면 보지 못하듯이, 난로는 불꽃이 없으면 말을 못하는 법이다. 불꽃을 피워주면 난로는 당신을 위해 노래하고, 이야기하고, 사랑 가득한 관심을 보이는 것으로 보답하리라.

"바이에른 땅이야!"

아우구스트가 훌쩍이며 말했다. 티롤 사람들에게 그 이름은 언제나 불길한 징조였다. 바이에른의 숲에서 산림 경비대와 티롤의 사냥꾼이 만나면 격렬한 전투가 벌어졌고 한밤중에 총성이 울리면서 명대로 살지 못하고 죽는 사람이 생겼다. 어쨌든 아우구스트의 그런 두려움은 아랑곳하지 않고 기차는 멈춰 섰다.

뮌헨에 도착하자 아우구스트는 열이 올랐다가 한기가 들었다가 하면서 사시나무 떨듯 바르르 떨었다. 난로가 다시 한번 짐꾼들의 어깨에 올려져 밖으로 들려 나가는 걸 느꼈다. 수레에 올라탄 것 같았다. 마침내 난로는 알 수 없는 곳에 내렸고, 아우구스트는 목마르다는 생각밖에 나지 않았다.

'목이 타들어 가는 것 같아! 손을 뻗어 저 밖의 흰 눈을 조금만이라도 먹을 수 있다면!'

아우구스트는 자신이 짐수레를 타고 아주 멀리 갔다고 생각했다. 하지만 사실 난로는 기차역에서 마리엔 광장에 있는 어느 상점으로 옮겨진 것뿐이었다. 다행스럽게도 난로는 금박을 입힌 다리 네 개가 아래로 향하게 똑바로 세워졌다. 난로 위에 붙여놓은 경고 글귀 때문이었다. 이제 난로는 어느 바이에른 사람의 비좁고 어두운 골동품 가게에 금박을 입힌 발을 딛고 섰다.

"안톤이 올 때까지 포장을 풀지 않겠네."

아우구스트는 한 남자가 말하는 소리를 들었다. 그리고 자물쇠에 열쇠를 넣고 철커덩 돌리는 소리도 들렸다. 그후 줄곧 이어지는 정적…… 아우구스트는 자신이 혼자 있다는 것이 확실하다고 생각했다. 그래서 지푸라기 사이로 살며시 고개를 내다보는 모험을 감행했다.

눈에 작고 네모난 방이 보였다. 그 방은 단지와 냄비, 그림과 조각품, 오래된 파란 물병, 오래된 강철 갑옷과 방패와 검, 중국의 부처상, 빈의 도자기, 터키의 카펫, 잡동사니 예술품과 공예품이 뒤섞여 있는 골동품 가게였다. 참 신기한 곳도 다 있구나 싶었다.

하지만 아우구스트에게는 그보다 급한 일이 있었다. 아이의 머릿속엔 온통 이곳에 물이 한 방울이라도 있었으면 하는 생각뿐이었다. 혀가 바짝바짝 마르고 목이 탔으며 먼지가 들어간 것처럼 가슴이 답답하고 숨이 막혔다. 하지만 물은 한 방울도 없었고 다만 쇠창살이 달린 격자창이 있었다. 창문 너머에는 눈으로 덮인 널찍한 창틀이 튀어나와 있는 게 보일 뿐이었다.

아우구스트는 잠긴 문을 힐끗 보고는 숨어 있던 곳에서 불쑥 나와 창문으로 뛰어갔다. 그러고는 창문을 열고 창틀에 쌓인 눈을 입에 꾸역꾸역 밀어 넣었다. 그다음 다시 난로 안으로 들어가서 드나든 곳의 지푸라기를 다시 오므리고 밧줄을 묶고 놋쇠 아궁이 문을 닫았다. 아이는 난로 안으로 들어갈 때 커다란 고드름도 몇 개 가져왔다. 그걸로 목이 아주 마를 때 잠깐이라도 목을 축일 수 있을 것 같았다. 아우구스트는 난로 바닥에 가만히 앉아서 귀를 쫑긋 세우고 정신을 바짝 차렸다. 그리고 다시 한번 타고난 배짱을 되찾았다.

도로테아 누나를 생각하면 마음이 아프고 이따금 누군

가 심장을 쥐어짜는 듯 메었지만 이렇게 생각하기로 했다.

'만약 내가 히르슈포겔을 다시 가져가면 누나가 얼마나 좋아하겠어? 에르멘길다도 손뼉을 칠 거야!'

아우구스트는 자기 혼자만의 이기심으로 히르슈포겔을 사랑하는 것이 아니었다. 자신뿐만이 아니라 집에 있는 가족 모두를 위해 난로를 되찾고 싶었다. 마음 깊은 곳에서 아버지에 대한 부끄러움과 아픔이 몰려왔다. 바로 자신의 친아버지가 난로를 없애고 명예를 팔아버렸다.

눈을 먹으러 갔을 때 울새 한 마리가 근처의 처마에 있는 그리핀(그리스 신화에 나오는 독수리의 머리와 날개에 사자의 몸통을 가진 괴물) 석상 위에 앉아 있었다. 그래서 눈으로 꽁꽁 언 석상 위에 사뿐히 앉아 있는 그 작은 새에게 호주머니에 있는 빵가루를 탈탈 털어 던져주었다.

그런데 갑자기 어두컴컴한 난로 속으로 나직한 노랫소리가 흘러들어왔다. 창문의 유리와 난로의 벽을 통과해서 희미하긴 하지만 그래도 분명히 아주 아름답고 달콤한 노래가 들려왔다. 그것은 빵 부스러기를 먹고 난 울새가 부르는 노래였다. 아우구스트는 그 소리를 듣다가 눈물을 왈칵 쏟았다. 도로테아 누나는 아침마다 곡식이나 빵가루를 성당 마당의 눈 위에 던져주며 이렇게 말하곤 했다.

"신이 만든 이 어여쁜 것들을 모른 체하고 산다면, 성당에 다닌다 해도 무슨 소용이겠니?"

불쌍한 도로테아 누나, 불쌍하고, 착하고, 다정하고 많은 짐을 진 어린 영혼이여! 소년은 비처럼 눈물이 주룩주룩 흐를 때까지 누나를 생각했다.

그래도 히르슈포겔을 두고 집으로 가고 싶다는 생각은 전혀 들지 않았다.

8

이윽고 문에서 자물쇠에 열쇠를 넣고 돌리는 소리가
났다. 무거운 발소리와 아버지에게 "미친개를 한 마리 키
우고 있군요. 재갈을 물리시죠"라고 이야기했던 남자의
목소리가 들렸다. 그 목소리는 이번에는 이렇게 말했다.

"그래, 자네 나더러 얼치기라고 수도 없이 놀렸겠다. 내
가 단돈 200플로린으로 뭘 가져왔는지 봐! 젠장! 이렇게
크게 한 방 터트린 적은 없을걸."

그런 다음 다른 목소리가 툴툴대며 상스러운 말을 해대
더니 남자 두 명의 발걸음 소리가 더 가까이 다가왔다. 아
우구스트는의 심장은 치즈를 훔치러 갔다가 안주인의 비질

하는 소리가 가까워지는 것을 들은 생쥐의 심장처럼 콩닥콩닥 뛰었다. 지푸라기와 밧줄이 부스럭거리는 소리로 봐서 난로의 포장을 벗기고 있는 것 같았다. 아이는 난로를 처음 본 남자가 놀라움에 사로잡혀서 감탄사를 내뱉는 소리를 듣고 포장을 완전히 벗겼다는 것을 알았다.

"맙소사, 정말 끝내주는걸! 진정한 왕가의 물건이야! 훌륭해. 어디 내놓아도 빠지지 않겠어. 호엔 잘츠부르크(잘츠부르크에 있는 성의 이름)의 커다란 난로보다 더 대단해! 좋았어! 끝내주는군! 최고야!"

걸걸하고 굵은 목소리가 찬사를 쏟아냈고 그들이 입을 열 때마다 난로 속에 웅크리고 있는 아우구스트에게까지 맥주 냄새가 심하게 풍겨왔다.

'만약 저들이 아궁이를 열어보기라도 한다면……!'

아우구스트는 겁이 나서 제정신이 아니었다. 만약 그들이 아궁이를 열면 끝장이었다. 외삼촌이 바이에른에서 죽은 것처럼 자신을 끌어내서 죽일지도 몰랐다.

공포에 질린 소년의 이마에서 식은땀이 흘러내렸다. 하지만 정신을 바짝 차리고 조용히 있으려고 애썼다. 남자들은 뉘른베르크 도예가의 작품 옆에 서서 거의 1시간 가까이 난로를 칭찬하고, 감탄하고, 묘사하며 독일어로 떠들어댔다.

이제 그들은 조금 멀리 떨어진 곳으로 자리를 옮겨 얼마에 팔지, 이득 분배는 어떻게 할지 이야기했는데 아이는 대화 내용을 도무지 알아들을 수가 없었다. 아이가 알아들은 것은 어떤 왕의 이름뿐이었다. 왕 이야기가 그들의 대화에 자주 나왔다. 아이는 그들이 험하게 욕하고 거친 목소리를 높이기에 싸우는 줄로만 알았는데, 잠시 후에 아주 만족스럽게 서로 합의점을 찾은 것 같았다. 그리고 신이 나서 위풍당당하게 서 있는 히르슈포겔의 반짝이는 옆구리를 찰싹 치며 소리쳤다.

"이 말 못하는 녀석아, 이 케케묵은 복덩어리야. 네가 우리에게 흔치 않은 행운을 가져다주었다! 그동안 그 병신 같은 제염소 일꾼의 집에서 숱한 세월 동안 연기나 내뿜고 있었다니 원!"

그 순간 난로 속에 있던 아우구스트는 화가 나서 벌떡 몸을 일으켰다. 벌겋게 달아오른 얼굴에 주먹을 꽉 쥐고

서, 네놈들이 바로 날강도고 아버지에 대해 나쁜 말을 하지 말라고 소리칠 뻔했다. 하지만 바로 그 직전에 한마디 말이라도 하거나 소리를 내면 모든 게 끝장이라는 걸 깨달았다. 여기서 들키면 히르슈포겔과 영원히 헤어질 수도 있다는 것을!

그래서 아우구스트는 가만히 입을 다물었다. 남자들은 작은 격자창의 덧문을 내리고 문밖으로 나간 다음 이중으로 자물쇠를 채웠다. 그들의 대화를 엿들은 아우구스트는 남자들이 어떤 대단한 사람에게 히르슈포겔을 보여주러 간다는 것을 짐작할 수 있었다. 그래서 분한 마음을 참아가며 숨소리를 죽이고 가만히 있었다.

덧문을 닫은 창문 아래쪽 길에서 희미한 소리가 들렸다. 마차가 굴러가는 소리, 성당의 종소리 그리고 뮌헨의 거리에서는 거의 매일 들리는 떠들썩한 군악대의 연주 소리.

1시간 정도가 지났을까? 계단을 올라오는 발소리에 아우구스트는 다시 조마조마해졌다. 너무 불안해서 배고픔도 잊었다. 산으로 둘러싸인, 맑은 강물이 흐르는 할이라는 작은 세계에서 멀리 떨어져 있다는 사실도 잊어버릴 정도로 마음을 졸였다.

이윽고 다시 문이 벌컥 열렸다. 영광이니 은혜니 입바른 말을 늘어놓는 두 중개인의 간사스러운 목소리가 들렸다. "존경하옵는", "황공하옵고" 등의 말들과 아울러 높은 신분을 나타내는 번드르르하고 긴 꾸밈말이 계속해서 쏟아졌다. 남자들의 목소리보다 한결 똑 부러지고, 세련된 또 다른 목소리가 짤막하게 대꾸하더니 뉘른베르크 난로 가까이 다가왔다. 그리고 갑자기 소년의 귀에 벼락같은 소리가 들렸다.

"훌륭하군!"

아우구스트는 이렇게 큰 도시에서 사랑하는 히르슈포겔이 인정받는 게 너무 자랑스러워 그간에 겪은 두려움을 모두 잊을 뻔했다. 아이는 하늘에 계신 도예의 대가도 틀림없이 기뻐하실 거라 생각했다.

낯선 사람이 두 번째로 입을 열었다.

"믿을 수가 없군! 정말 놀라워!"

그런 다음 낯선 사람이 난로의 구석구석을 살펴보았다. 거기에 적힌 격언도 모두 읽어보더니 난로에 있는 온갖 문장과 그림을 지그시 바라보았다.

마침내 그 사람이 말했다.

"이건 정녕코 막시밀리안 황제(1493~1519년 재위. 중세 최후의 기사라고 불리웠으며 자신을 나라의 종이라 칭한 현명한 독일의 통치자)를 위해 만들어졌던 것이 틀림없어."

그동안 불쌍한 난로 속의 작은 소년은 언제 그가 아궁이를 열지 몰라서 두려움에 떨면서 잔뜩 웅크리고 있었다. 그런데 정말로 그 신사가 아궁이를 열고 놋쇠로 된 경첩이 잘 작동하는지 살펴보았다.

하지만 안쪽은 너무 어두웠고 고슴도치처럼 둥글게 몸을 웅크리고 있던 아우구스트는 들키지 않을 수 있었다. 마침내 신사는 안에 이상한 것이 있는지 들여다보지 않고 문을 닫았다.

그런 다음 장사꾼과 낮은 목소리로 긴 대화를 나눴다. 그의 억양은 아우구스트가 쓰는 것과 달라서, 아이는 그가 하는 말을 조금밖에 못 알아들었다. 왕의 이름과 굴덴(14~19세기에 쓰인 독일의 화폐 단위)이라는 단어가 자꾸 나온다는 것만 알았다.

한참 후에 신사가 나갔고 장사꾼 중 한 명이 그를 따라 갔다. 나머지 한 명은 셔터를 내리기 위해 뒤에 남아 있다 가 문을 이중으로 잠근 후 떠났다. 그제야 우리의 불쌍한 작은 고슴도치는 한껏 웅크렸던 몸을 풀고 크게 한숨을 내쉬었다.

'몇 시쯤 됐을까? 날이 저물었겠지?'

아까 성냥을 긋는 소리가 들리고, 놋쇠 장식 사이로 불 빛이 들어오는 것을 보니 신사와 함께 나간 사람이 등불 을 켠 것 같았다. 아우구스트는 여기서 밤을 보내야만 했 다. 그건 확실했다.

'비록 갇혀 있지만 그래도 히르슈포겔과 함께야. 단지 먹을 게 조금이라도 있었다면! 이 시간이면 집에서 달콤 한 수프를 먹고 있을 텐데. 이따금 마일라 아주머니의 과 수원에서 얻어 온 사과를 넣어 먹기도 했는데……. 그리 고 함께 노래를 부르고, 도로테아 누나가 읽어주는 짧은 이야기를 듣기도 하면서, 위대한 뉘른베르크의 불의 제왕 이 뿜어내는 훈훈한 열기와 기쁨으로 노릇노릇 달아오르 곤 했는데…….'

"우리 불쌍한 에르멘길다! 사랑하는 히르슈포겔도 없이 지금 어쩌고 있을까? 불쌍한 에르멘길다! 구질구질한 작은 부엌에 있는 못생긴 까만 난로 옆에 있겠지. 오, 아버지는 어쩌면 이렇게 잔인하실까!"

아우구스트는 혼잣말을 했다.

아우구스트는 장사꾼들이 아버지를 욕하고 어리석다며 비웃는 것을 듣고 있기가 힘들었지만, 그래도 아버지가 히르슈포겔을 판 것은 너무나 잔인한 일이라고 생각했다.

기나긴 겨울 저녁의 기억은 전부 히르슈포겔과 함께였다. 모두 난로 가까이 둘러앉아서, 밤이나 돌능금을 그 속에 넣어 구워 먹으며 윙윙거리는 바람 소리와 성당의 종소리에 귀를 기울였다. 그리고 늑대들이 산에서 내려와 할의 거리를 어슬렁거린다는 얘기를 서로 그럴듯하게 꾸며 들려주었고, 그럴 때면 문밖에서 늑대가 울고 있는 듯했다. 이 모든 기억이 대도시의 종소리와 함께 소년에게 밀려왔다.

이제는 완전히 캄캄한 밤이 되었다는 것을 소년은 깨달았다. 아우구스트는 배고픔과 두려움에 압도되어 왈칵 울

음을 터뜨렸다. 아이는 난로에 들어간 뒤 수없이 울음을 터
뜨렸다. 아이는 자신이 굶어 죽을지도 모른다는 생각이 들
었다. 그러면 히르슈포겔이 신경이나 써줄까 궁금했다.

'그럴 거야.'

물론 아우구스트는 히르슈포겔이 자기를 생각해줄 거
라고 확신했다. 긴 여름 내내 히르슈포겔을 만병초와 에
델바이스, 골풀로 꾸며주고, 백리향과 인동 덩굴과 산나
리로 장식해주었던 사람도 바로 아우구스트였으니까. 호
랑가시나무와 아이비로 왕관을 만들어 난로를 칭칭 감아
주었던 산타클로스도 역시 아우구스트였다는 것을 잊지
않았을 테니까.

아우구스트는 오래된 불의 왕에게 기도했다.

"오, 나를 지켜줘, 나를 구해줘, 나를 보살펴주렴!"

어느새 불쌍한 작은 아이는 자신이 히르슈포겔을 돌보
고 구하려고 이렇게 무작정 멀리 북쪽 땅까지 왔다는 사
실을 잊어버렸다.

얼마 후 아우구스트는 깜빡 잠이 들었다. 산에서 자란
작고 튼튼한 소년답게, 아이들이 으레 그러하듯 울다가

그 자리에서 그대로 잠들어버렸다.

골동품으로 가득 찬 가게는 그리 춥지 않았다. 문은 꼭 닫혀 있었고 물건이 빼곡히 차 있었다. 게다가 가게 뒤쪽으로 땔감을 많이 때는 옆집의 뜨거운 굴뚝이 맞닿아 있었다. 아우구스트의 옷은 따뜻했다. 무엇보다도 아우구스트는 어렸다. 소년은 별로 추위를 느끼지 않았다. 끔찍하게 추운 뮌헨의 12월에 얼어 죽지 않을 수 있었다. 아이는 밤 동안 슬픔과 위험과 배고픔을 잊은 채 편안하게 곤히 잠들었다.

9

　자정이 되자 시내 모든 종의 청동추가 시간을 알리려고 다시 울렸다. 종소리에 아이는 잠에서 깼다. 주변은 조용했다. 아우구스트는 왜 이렇게 주변이 밝은지 궁금해서 놋쇠 아궁이로 머리를 살며시 내밀어보았다.

　그것은 정말 이상하게 밝은 빛이었지만, 아이는 그 빛이 무섭거나 놀랍지 않았다. 보통 사람들 같으면 아주 놀랐을 텐데, 아이는 그 빛 속에서 골동품들이 움직이는 모습을 보고도 전혀 놀라지 않았다.

　12사도가 그려진 크로이센의 커다란 항아리는 통통한 파엔차(이탈리아의 도시로, 도자기 산지로 유명하다. '파엔

차'라는 말에서 프랑스 어의 파이앙스가 유래) 물병과 근엄하게 미뉴에트를 추고 있었다. 훤칠한 키의 네덜란드 시계는 가느다란 다리의 오래된 의자와 함께 가보트(4분의 4박자의 프랑스 춤) 스텝을 열심히 밟고 있었다. 리텐하우젠의 아주 우스꽝스럽게 생긴 도자기 인형은 울름의 뻣뻣한 테라코타 병사에게 절하고 있었다. 크레모나(북부 이탈리아의 도시로 명품 바이올린인 스트라디바리우스 산지로 유명)의 낡은 바이올린 하나는 스스로 연주했고, 색 바랜 장미가 그려진 소형 피아노는 자기 딴에는 즐거운 노래를 한다고 했지만 묘하게 가늘고 새된 애처로운 음을 연주했다. 제법 고급스러운 금장식을 한 스페인 가죽 제품은 벽에서 일어나서 껄껄 웃어댔다. 꽃 왕관을 쓴 드레스덴의 거울은 경쾌하게 걸어 다녔고, 일본의 청동상은 그리핀을 말처럼 타고 돌아다녔다. 날씬한 베네치아 산 쌍날칼은 통통한 이탈리아 페라라 산 검과 시비가 붙었다. 하얀 님펜부르크(독일 뮌헨 교외의 님펜부르크 궁 근처의 지명. 궁 앞쪽에 도자기 공장이 있었음) 도자기로 된 창백한 얼굴의 조그만 계집아이를 두고 난리였다.

그 옆에서 풍채 당당한 프랑켄(독일 라인란드팔츠주의 도시인 프랑켄탈을 말하며, 1755년에서 1794년까지 도자기 생산지로 유명)의 회색 사암 도자기 주전자가 큰소리로 외쳤다.

"하여간 이탈리아인들이란! 항상 싸움질이라니까!"

하지만 아무도 그 말에 귀를 기울이지 않았다. 엄청나게 많은 수의 작은 드레스덴 컵과 컵 받침은 모두 콩콩 뛰며 왈츠를 추고 있었고, 넓고 둥그런 얼굴의 찻주전자들은 팽이를 돌리듯 자신들의 뚜껑을 돌리고 있었다. 등받이가 높은 금박 의자들은 자기들끼리 카드놀이를 하고 있었으며 목에 파란 리본을 한 앙증맞은 작센 푸들은 이리저리 뛰어다녔다. 코르넬리스의 누런 고양이는 파란 도자기로 된 1489년산 델프트 청화 자기(델프트는 네덜란드의 도시 이름이며 청화 자기는 델프트에서 많이 제작된 코발트색 그림이 들어간 자기로 17세기경 유럽 상류 사회에서 유명)로 된 말을 타고 돌아다녔다. 그리고 이 모든 풍경을 비추고 있는 빛은 바로 양초도 없는 세 개의 은촛대에서 나오고 있었다. 그중에서도 가장 놀라운 일은 아우구스트가 이런 말도 안 되는 광경을 보고도 전혀 놀라지 않았다는 것이다. 아우구스트는 단지 스피넷 음악에 맞춰 바이올린과 함께 춤추고 싶어 몸이 근질근질할 뿐이었다.

아이의 얼굴에 속마음이 그대로 드러난 모양이었다. 분홍색, 황금색, 흰색으로 된 아름다운 옷을 걸친 채 머리에 파우더를 뿌리고 굽이 높은 구두를 신은 사랑스러운 아가씨가 아이에게 다가왔다. 그 아가씨는 아주 정교하고 고급스러운 마이센 도자기로 만들어졌다. 아가씨는 미소를 지으며 아우구스트에게 손을 내밀고 미뉴에트를 추는 곳으로 아이를 이끌었다. 분홍색, 금색, 하얀색으로 된 아주 섬세한 마이센(독일 작센주에 있는 도시로 고령토가 풍부하게 매장되어 있고 도자기로 유명하다) 도자기로 만들어진 아가씨였다.

그런데 놀랍게도 아우구스트가 멋지게 춤을 춘 것이다. 아우구스트는 두껍고 투박한 신발을 신고, 집에서 짠 거친 린넨 옷과 양가죽 재킷에, 챙 넓은 티롤 모자를 쓴 촌스러운 어린아이였는데 말이다. 아우구스트는 왕관이 정당하게 공경받던 시절에 왕과 왕비가 추던 춤을 완벽하게 춘 것이 틀림없었다. 왜냐하면 사랑스러운 아가씨가 계속

상냥하게 미소를 지으며 전혀 꾸짖지 않았기 때문이다. 그리고 아가씨도 소형 피아노의 연주에 맞춰 우아하게 움직이면서 아주 훌륭하게 춤을 춰서 아우구스트는 미뉴에트가 끝날 때까지 그녀에게서 눈을 뗄 수가 없었다. 춤이 끝난 후에 아가씨는 자신의 하얀색과 금색이 섞인 도자기 받침대에 가 앉았다.

"난 작센 공국의 공주란다. 넌 메뉴에트 춤을 참 잘 추는구나."

공주가 상냥한 미소를 띠고 아이에게 말했다.

"공주님, 왜 어떤 물건과 가구는 춤을 추고 말을 하는데, 어떤 물건은 잡동사니처럼 구석에 널브러져 있는 건가요? 혹시 무례한 질문인지 모르겠지만 저는 정말 궁금합니다."

아우구스트가 조심스레 물어보았다. 어떤 잡동사니들은 생명을 얻어 움직이는 방면에 왜 어떤 것들은 가만히 꿈쩍도 하지 않는지 그 이유가 궁금했다.

"귀여운 아이야. 너는 어떻게 그 이유를 모를 수 있니? 저것들이 침묵을 지키고 있는 이유는 가짜이기 때문에 그런 거란다."

공주는 그 한마디로 모든 것을 설명할 수 있다는 듯 아주 단호하게 대답했다.

"가짜라고요?"

아우구스트는 이해가 안 가서 소심하게 되물었다.

"당연하지! 가짜고, 위조고, 모조품이지! 저것들은 단지 우리를 흉내 낸 물건일 뿐이야! 저것들은 절대 깨어나지 않아. 어떻게 살아날 수 있겠어? 가짜에 영혼이 깃든 적은 이제껏 한 번도 없단다."

분홍색 신발을 신은 공주는 쾌활하게 말했다.

"아!"

아우구스트는 아직 자기가 완전히 이해했다고 확신하지는 못했지만 겸손하게 대답했다. 그러고는 히르슈포겔을 바라보았다.

'이 난로는 분명히 고귀한 영혼을 가지고 있을 거야. 그런데 왜 깨어나서 말을 안 하지? 내가 얼마나 '불의 제왕'의 목소리를 듣고 싶었는데!'

아우구스트는 이런 생각에 빠져서 자신이 공주 옆에

서 있다는 것도 잊어버렸다. 받침대에는 1746년 마이센에서 만들어졌다는 표시가 선명하게 새겨져 있었다.

"너는 어른이 되면 무엇이 되고 싶니? 도자기 공방에서 일할 거야? 나를 만든 명장 켄들러 선생처럼?"

조그마한 공주가 예리하게 물었다. 비록 그 붉은 입술은 미소를 짓고 있었지만 검은 눈동자는 이미 소년의 속마음을 눈치챈 듯했다.

"그런 생각은 해본 적 없어요. 적어도 내가 바라는 것은……, 난 화가가 되고 싶어요. 도예의 대가인 뉘른베르크의 명장 아우구스틴 히르슈포겔처럼요."

아우구스트는 더듬거리며 말했다.

"브라보!"

살아 있는 모든 골동품이 한목소리로 외쳤다.

"훌륭하군!"

이탈리아의 양날 검 두 자루는 이탈리아 말로 브라보를 외치느라 싸움을 멈추었다. 유럽에서 그 거장의 이름을 모르는 골동품은 거의 없었다.

많은 갈채를 받자 기분이 좋아진 아우구스트의 얼굴은

뿌듯하면서도 쑥스러워져서 마이센 도자기 공주의 신발처럼 점점 빨개졌다.

"난 히르슈포겔 집안사람들을 모두 알고 있어. 그 아버지인 파이트 님부터 그 후손까지. 난 뉘른베르크 출신이거든."

플랜더스 풍의 뚱뚱한 사기 맥주병이 말했다.

맥주병은 은색 모자, 아니 뚜껑을 벗더니 히르슈포겔을 향해 아주 공손하게 인사했다. 뻣뻣한 관리들한테 배운 것 같지 않게 자세가 우아했다. 하지만 웬일인지 난로는 입을 다물고 있었다. 아우구스트의 마음속에 의심이 싹터서 속이 메스꺼웠다—사랑하는 존재를 의심해야 한다면 얼마나 가슴이 아플까?—설마 히르슈포겔이 가짜일까?

"아냐, 아냐, 아냐, 아냐!"

아이는 자기 자신에게 딱 잘라 부정했다.

히르슈포겔은 꿈쩍도 하지 않았고, 한마디 말도 없었지만 아이는 믿음을 지키려고 했다. 함께 행복한 시절을 보냈고, 따뜻하고 즐거웠던 모든 밤을 그 난로에 빚졌으며, 아기 때부터 금박을 입힌 사자 모양 발에 입맞춤했다. 그랬던 자신의 친구이자 영웅을 의심해야 할까?

"싫어, 싫어, 싫어, 싫어!"

아이가 또다시 크게 외치자 마이센 아가씨가 고개를 획 돌려 바라보았다.

"이건 가짜야, 가짜라고. 나를 믿어. 가짜는 영원히 '그런 척'할 뿐이야. 가짜들은 절대로 우리처럼 될 수 없어! 우리 상표를 흉내 내지만, 진짜처럼 될 수는 없는 거야. 혈통을 속일 수는 없어."

공주가 무시하는 듯한 말투로 암팡지게 이야기했다.

"어떻게 속이겠어? 가짜들은 일부러 푸른 녹을 처바르고 녹이 슬도록 비를 맞고 앉아 있지. 하지만 푸른 녹이 끼거나 녹이 슬었다고 해서 고풍스러운 색이 나오는 것은 아니야. 오직 시간만이 그 색을 줄 수 있어!"

"무슨 재주로 그렇게 하겠소이까?"

피셔(15세기경 뉘른베르크에서 활동했던 조각가)의 청동상이 참견했다.

"가짜들은 자기 몸을 녹청으로 서투르게 마구 칠해서 초록색을 내거나 일부러 녹슬라고 빗속에 나가 앉아 있죠. 하지만 덧칠한 초록색과 녹은 골동품의 고색창연한 빛과는 달라요. 그건 세월만이 가져다줄 수 있거든."

"어디 그뿐인 줄 아나? 나를 모방한 물건들은 항상 원색적이고 요란하며 술집 간판처럼 촌스러운 색깔을 두르고 있단다."

공주가 생각만 해도 싫다는 듯 진저리를 치면서 말했다.

"글쎄, 저쪽에도 플랜더스풍의 도자기가 하나 있기는 한데 말이오. 그 녀석도 나하고 같은 독일제인 척하고 있지 뭐요."

이번에는 은빛 모자를 쓴 맥주병이 자기 손잡이로 구석에 옆구리를 드러내고 쓰러진 병을 가리켰다.

"저 물병은 우리 같은 진품을 베끼는 일을 일삼는 사람들 덕에 나하고 겉모양이 똑같이 만들어졌소이다. 요즘 기술 덕에 우리랑 아주 똑같아 보이지만 그래봤자 우리랑은 달라요. 얼마나 다른지 보라고! 저 푸른색이 얼마나 조악한지! 검은색 글씨들은 유약 위에다가 쓴 게 분명해! 또 내 곡선을 닮으려고 애썼지만, 내 몸의 선에서 드러나는 아름다움을 한심하게 과장하는 바람에 기괴한 꼴이 되어버렸지 뭐요!"

은색 모자를 쓴 물병이 구석에 엎어져 있는 한 물병을 손잡이로 가리키며 말했다.

"저걸 보렴. 골동품 장사꾼들은 저것에 내 이름을 붙이고 나와 나란히 두고 팔곤 해. 하지만 봐! 난 필름처럼 순수한 금을 얇게 두드려 펴 바른 가죽이라고. 가장 신실했던 축복받은 페르난도의 치세에 코르도바(스페인 남부의 도시)에서 훌륭한 가죽 장인 디 에고 디 라스 고르기아스 선생이 아주 성실하게 만든 물건이지. 하지만 저것의 금박은 한 겹만 금이고 나머지 열한 겹은 죄다 활동이나 허섭스레기로 되어 있어. 게다가 붓으로 금박을 칠했다니까! 붓으로! 하! 저건 아마 몇 년 지나지 않아 검댕처럼 새까매질 거야. 반면에 난 처음 만들었을 때와 마찬가지로 반짝반짝 빛난다고! 내가 태어난 코르도바가 이교도들에게 불에 타버린 것처럼 불에 타지만 않는다면 나는 영원히 빛날 거야."

금박을 입힌 코르도바 가죽이 테이블 위에 펼쳐진 넓은 금박 가죽을 경멸스럽게 바라보며 말했다.

"사람들은 무른 배나무를 조각해 갈색으로 물들여놓고 그걸 나라고 부른다니까!"

해묵은 참나무 서랍장이 낄낄대며 말했다.

"그건 그래도 나은 축에 든다네. 오늘 갓 칠해서 아직 물감도 안 마른 컵에다가 내 이름을 붙이는 것처럼 품격이 떨어지는 일도 없을걸!"

색이 좀 바랬지만 아직 보석처럼 화려한 카를 테오도르의 컵이 말했다.

"흔한 싸구려가 내 흉내를 내는 것보다 더 짜증 나는 일은 없을 거예요!"

분홍색 구두를 신은 공주님이 끼어들었다.

"비록 성경에서 따온 말이기는 하지만 모조품들은 내게 적힌 격언까지 훔쳐 베끼곤 한답니다."

레이번에는 독일 겐스부르크에서 만든 장례용 흑백 도자기 잔이 말했다.

"글쎄, 평범하기 그지없는 영국 도자기에 내 작은 점까지 그대로 찍기도 했어요."

조그만 님펜부르크의 하얀 아가씨도 한숨을 쉬며 말했다.

"사람들은 수백 수천 개의 흔해 빠진 도자기 접시에 내 이름을 붙여서 판다니까. 내 전설과 성스러운 이름을 오늘날의 그 엉터리 가마에서 구워내다니……. 이건 신성모독이야!"

구비노(중앙 이탈리아의 도시)의 튼튼한 산 접시가 말했다. 그 접시는 태어나던 해에 도예의 거장 조르조의 얼굴을 보았다.

"그래서 이런 골동품 가게를 보고 징글맞은 곳이라고 하는 것 아니겠어. 이런 가게에서는 수준 낮은 가짜들과 함께 뒤섞여 있어야 하거든. 파리 루브르나 사우스 켄싱턴 박물관의 유리 진열장 안이 아니라면 요즘은 어디에 가도 우리 같은 명품 소품은 안전하지 않아요."

마이센 공주가 말했다.

"말도 말아요. 심지어 가짜가 박물관에 있기도 하답니다. 내 친구 블라시우스 토기에서 아주 끔찍한 일이 있었지. 블라시우스 토기는 1560년부터 생산된 건 알 거야. 그런데 그 친구가 한 박물관 유리 진열장에 놓였는데, 바로 옆에 엊그저께 프랑크루프트에서 구워진 자기 모조품이 있더래. 그런데 이 비천한 물건이 내 친구에게 씩 웃으며 뭐라고 했을까? 내 친구를 '점토 양반'이라고 부르면서 이렇게 말했대. '자네와 모조품을 팔면서 똑같은 수수료를 챙겼지. 나에겐 수수료가 중요해. 어차피 세금은 이런 데 쓰라고 있는 거 아니겠어!' 하지만 그 끔찍한 모조품은 얼마 못 가서 금이 가고 말았어. 모든 것에는 신의 섭리가 있는 법이지. 하물며 박물관에서도."

플랜더스풍의 도자기가 한숨을 쉬며 말했다.

"신의 섭리가 있다면 그런 일은 미리 막았어야지. 그렇게 해서 백성들의 세금을 아껴줬어야 옳잖아요."

분홍 구두를 신은 작은 마이센의 공주님이 입바른 말을 했다.

"어쨌거나 모든 게 무슨 상관이람? 세상의 모든 가짜가 아무리 그런 척해도 우리처럼 될 수 없는데!"

하를렘의 네덜란드풍 단지가 말했다.

"아무튼 난 하찮은 물건이 되기는 싫어요."

마이센 아가씨가 뽀로통해서 대꾸했다.

"나를 만든 크라베티예(네덜란드의 화가 얀 아셀리진) 선생님은 가짜 문제로 골치 아파하지 않았어. 거의 300년 전에 크라베티예는 나를 부엌에서 쓰도록 만들었지. 밝고 깨끗하고 눈처럼 하얀 네덜란드의 부엌 말이야. 지금 나는 박물관에나 어울리겠지만, 사실 난 가정집에 있고 싶어. 지금 나는 왕궁에도 걸맞다고 여겨지고 있지. 물론 그래도 나는 순박한 가장에 있는 게 좋지만 말이야. 아! 마음 착한 네덜란드 아낙네, 반짝반짝 빛나는 운하, 소들이 드문드문 있는 드넓은 초원을 보고 싶다."

하를렘의 물병이 뽐내며 말했다.

"오! 우리가 모두 우릴 만든 사람에게 다시 돌아갈 수만 있다면!"

구비오의 접시가 장인 조르조 안드레올리(1465~1553, 르네상스 시대에 마졸리카 도자기공방의 장)와 찬란하고 품위 있던 르네상스 시대를 떠올리며 한숨을 쉬었다. 접시의 말은 춤추던 물병과 빙글빙글 돌던 찻주전자들, 까불거리며 카드놀이를 하던 의자의 마음을 찡하게 울렸다. 자신들을 만든, 이제는 죽고 없는 예술가들을 생각하며 바이올린은 연주하던 걸 멈추고 흐느꼈고 스피넷은 한숨을 쉬었다.

심지어 조그만 작센 푸들도 영원히 돌아올 수 없는 주인을 생각하며 구슬피 짖었다. 오로지 검들만 계속해서 싸워댔지만 시끄러운 쨍쨍 소리에 일본의 청동상이 그리핀을 타고 달려가 검들을 들이받아버렸다. 울고 있던 작은 님펜부르크 처녀는 벌렁 자빠진 바보 같은 검들을 보고, 미소를 짓다가 하마터면 웃음을 터트릴 뻔했다.

그때 커다란 난로가 서 있는 곳에서 근엄한 목소리가 흘러나왔다. 모든 눈길이 히르슈포겔을 향했다. 소년의 심장은 기뻐서 쿵쾅쿵쾅 뛰었다.

뉘른베르크에서 만들어진 파이앙스 도자기 난로 윗부분의 작은 탑에서 맑은 목소리가 흘러나왔다.

"나의 친구들, 여러분이 하는 이야기를 모두 듣고 있었습니다. 영원히 살지 못하고 죽는 인간들은 말이 참 많습니다. 그래서 어떤 이들은 수다쟁이라고 부르게 되었지요. 우리는 인간처럼 되지 말아야 합니다. 인간들은 허세를 부리고 어리석은 분노를 표출하고, 쓸데없이 말을 반복하고, 노골적으로 언쟁하면서 상스럽게 입을 놀리지요.

그 때문에 아주 많은 말과 귀중한 목숨과 시간을 낭비하는 걸 수없이 보았습니다. 그래서 나는 말을 저주로 여기게 되었답니다. 말은 인간을 나약하게 하고, 인간이 하는 모든 일에 독을 집어넣지요. 난 200년 동안 입을 연 적이 없소. 들어보니 당신들도 말이 없는 편은 아니구려. 내가 지금 입을 연 이유는 당신들 중 하나가 한 아름다운 말이 내 마음을 울렸기 때문이오. 우리를 만든 사람에게 돌아갈 수만 있다면! 오, 그렇습니다! 만약 그럴 수만 있다면! 인간이 진실한 존재였던 시절에는 진심을 담은 손으로 우리를 만들었지요. 그래서 우리도 진짜가 될 수 있었소. 장인들은 경건하고 진실한 마음으로 믿음을 가지려고 노력하면서 우리를 만들었지요. 그래서 옛 시절의 자손인 우리가 가치 있는 겁니다. 장인들은 우리를 시장에 내다 팔아서 이득을 얻으려고 만들지는 않았습니다. 다만 고귀하고 정직하게 예술과 신의 영광을 위해 만들었지요. 여러분들 사이에 나를 사랑하는 조그마한 아이가 서 있는 게 보이는군요. 저 조그만 아이는 무지하지만 아이다운 방식으로 예술을 사랑합니다. 저 아이가 오늘 밤 내가 한 말을 영원히 기억해주길 바랍니다.

우리가 만들어졌던 그때 그대로 우리를 봐야 한다는 사실을 저 아이가 기억해주기를 바랍니다. 세상의 눈으로 볼 때 우리가 귀중한 이유는 수백 년 전에 가짜를 비웃고 모조품을 증오하는 장인들이 일편단심 순수한 손길로 우리를 만들었기 때문입니다. 그 사실을 기억해주기를 바랍니다.

나를 만든 장인 아우구스틴 히르슈포겔이 생각나는군요. 그는 현명하고 오점 없는 인생을 살았고 성실과 사랑으로 일했습니다. 그리고 햇빛이 비칠 때면 신성한 이야기를 들려주는, 그가 만든 풍부한 색채의 성당 창문처럼 아름다운 인생을 살았지요. 오, 그래요, 나의 친구들이여, 우리를 만들어준 명장에게 돌아갑시다! 그것이 우리 앞에 놓인 최선의 길입니다.

하지만 장인들은 이미 가고 없습니다. 장인들이 만든 우리가, 잘 깨지는 우리가 그들보다 더 오래 살았지요. 수많은 세월 동안 나는 황제들 곁에도 있어 봤고, 소박한 집에서 3대째 머물며 춥고 배고픈 어린아이들이 따뜻한 겨울을 날 수 있게도 했지요. 내가 아이들의 몸을 녹여주면,

그들은 배고픔을 잊었고, 웃으며 이야기하다가 결국엔 내 발치에서 잠들었지요. 그러다 나를 만든 장인이 내게 바란 것은 '이거였구나!' 하고 겸손하게 깨달았습니다. 나는 만족스러웠지요. 이따금 피로에 지친 여인이 살며시 다가와서 내가 곁에 있다는 이유만으로 웃어주기도 했고, 팔에 안긴 아기에게 나의 황금 왕관이나 붉은 열매를 가리켜 보이기도 했지요. 그편이 거대한 도시의 춥고 텅 빈 웅장한 홀에 서 있는 것보다 백배는 나았지요. 똑똑한 사람들이 와서 찬찬히 뜯어보고, 바보 같은 군중들이 입을 쩍 벌리고 칭찬을 늘어놓으며 지나가는 것보다 좋았지요.

이제 내가 어디로 팔려 가게 될지 나도 잘 모릅니다. 하지만 나를 사랑해주던 그 초라한 집을 떠난 이상 외롭고 쓸쓸할 것입니다. 슬프고 외롭군요. 사람들은 너무도 빨리 사라집니다. 인간의 삶은 순식간에 지나가죠! 오직 우리만 남아 있어요. 인간들이 만든 우리만이……. 우리는 인간이 스쳐 지나갈 때 그들을 살며시 축복해주는 것 말고 할 수 있는 일이 없습니다. 우리가 인간을 축복해주면 우리를 만든 장인들의 바람을 이루어준 셈입니다. 그런

식으로 죽은 장인들이 우리 안에서 이야기하고 살아 있는 건지도 모릅니다."

그런 다음 난로의 목소리는 침묵 속으로 잦아들었다. 그리고 이 위대한 난로를 비추던 신기한 금빛도 희미해졌고 은촛대의 불빛도 역시 사그라졌다. 감미롭고 애처로운 노랫가락이 포근하게 방 안을 가득 채웠다. 빛바랜 장미가 그려진 오래된 소형 피아노에서 나오는 소리였다.

잠시 후 그 애잔하고 아련한 음악도 사라졌다. 도시의 시계는 새벽 6시를 알렸다. 바이에른 숲에 해가 떠오르고 있었다. 아우구스트는 종소리에 화들짝 놀라 잠에서 깼다. 아이는 가게의 맨바닥에 누워 있었고, 주변의 골동품들은 거짓말처럼 미동도 없었다. 마이센의 예쁜 아가씨는 도자기 받침대 위에 멈춰 있었고 작은 작센 푸들도 그 옆에 가만히 서 있었다.

아우구스트는 천천히 몸을 일으켰다. 몹시 추웠고 뱃가죽이 등에 달라붙을 지경이었지만 자신이 본 놀라운 광경과 이야기에 사로잡혀 추위와 허기가 느껴지지 않았다.

10

주변이 온통 깜깜했다. 아직 자정일까? 아니면 아침이 왔을까? 분명히 아침이었다. 덧창이 내려진 창문 틈으로 울새가 우는 소리가 가늘게 들려왔다.

저벅저벅 무거운 발걸음 소리가 계단을 올라왔다. 아이가 허겁지겁 커다란 난로 안으로 들어가자마자 문이 열리고 두 장사꾼이 촛불로 앞을 밝히며 들어왔다.

아우구스트는 추위와 배고픔을 느끼지 못했고, 자신에게 닥친 위험은 더더욱 깨닫지 못했다. 마치 힘세고 다정한 두 팔이 자신을 감싸 안아서 위로 들어 올려주는 것처럼 용기가 샘솟았고 안전하고 행복한 기분이 들었다. 히르슈포겔이 나를 지켜줄 것이다.

장사꾼들이 덧문을 열자 붉은 가슴을 한 울새는 놀라서 포르르 날아갔다. 장사꾼들은 묵직한 부츠를 신고 쿵쿵 걸어 다니며 만족한 어조로 떠들어댔다. 그리고 다시 한번 난로를 지푸라기와 마른 풀과 밧줄로 싸기 시작했다.

장사꾼들은 안을 들여다보지 않았다. 난로의 겉모습이 눈부시게 아름다워서 샀고, 그래서 다시 팔게 되었는데 뭐 하러 굳이 안을 들여다보겠는가?

아우구스트는 여전히 무섭지 않았다. 날아갈 것 같은 기쁨이 아이를 감쌌다. 마치 수호천사의 비호를 받는 것 같았다.

이제 두 장사꾼은 짐꾼을 불렀다. 마치 병든 왕자가 먼 길을 떠나는 것처럼 여섯 명의 건장한 바이에른 사내들은 난로를 곱게 싼 다음, 어깨에 짊어지고 계단을 내려가서 마리엔 광장으로 갔다. 칭칭 싸맨 포장 속이었지만 살을 에는 듯한 한겨울 뮌헨의 새벽 공기가 얼음처럼 살을 에며 파고드는 것을 느꼈다. 짐꾼들이 난로를 워낙 조심스럽게 움직였기에 아우구스트는 큰형의 팔에 안겨 흔들리는 듯한 느낌이었다.

비록 배고프고 목이 말랐지만 그건 자기 힘으로 물리칠 수 없는 적이었다. 소년은 두려우면서도 흥분해 있었다. 덕분에 신체적인 고통을 느끼는 대신 원기가 생기고 마음이 안정되었다. 그래서 그 상태에 그냥 젖어 있기로 했다. 히르슈포겔의 목소리를 들은 것만으로 충분했으니까.

건장한 사내 여섯 명은 뉘른베르트의 '불의 성'을 까무잡잡한 어깨에 짊어지고 저벅저벅 뮌헨을 가로질러 곧장 기차역으로 갔다. 아우구스트는 어둠 속에서 쿵쿵거리고 으르렁거리며 쉭쉭거리는 기차역 소리를 들을 수 있었다. 아이는 용기가 샘솟고 기분도 들떴지만 한편으로는 이런 생각이 들었다.

'또 긴 여행을 하게 되는 걸까?'

배에서는 이따금 맥 빠지는 기분이 들었고, 눈에서 별이 보이고 물속에 있는 듯이 행동이 굼떠졌다. 만약 또 긴 여행을 한다면, 여행이 끝나기 전에 죽거나 어떤 다른 나쁜 일이 생겨서 히르슈포겔을 혼자 남겨둘 것만 같아 두려웠다. 아이는 그 생각만 하고 있었다. 자기 자신에 대해서도 아니고 도로테아 누나 생각도 아니고 고향에 있는 집 생각도 아니었다. 아우구스트는 어찌나 긴장했는지 오히려 용기가 충만했고 뒤를 돌아보지 않았다.

이 여행이 긴 여행이 될지 짧은 여행이 될지, 기쁜 여행이 될지, 슬픈 여행이 될지 알 수 없지만, 아우구스트가 들어 있는 난로는 다시 한번 들어 올려져서 아주 커다란 화물칸에 실렸다. 하지만 이번에는 혼자가 아니었다. 장사꾼 두 명과 여섯 명의 짐꾼이 함께 탔다.

아우구스트는 어둠 속에 있었지만 목소리만으로 알 수 있었다. 열차는 바이에른 평원을 가로질러 남쪽으로 미끄러져 갔다. 장사꾼과 짐꾼들이 '베르크'니 '뷔름제'니 하는 말을 했지만, 아이는 그들의 억양을 알아듣기 어려웠고 그 단어들이 무엇을 뜻하는지 몰랐다.

기차는 기적 소리를 울리며, 역겨운 기름 냄새를 풍기면서 석탄을 태우며 덜커덩덜커덩 계속 굴러갔다. 밤새도록 내리던 눈이 여전히 그치지 않고 내렸기 때문에 기차는 엉금엉금 기어가야만 했다.

한 장사꾼이 다른 장사꾼에게 불평했다.

"그분이 도시로 나올 때까지 기다릴걸 그랬네. 이런 날 씨에 베르크라니!"

'베르크에 있다는 그분은 도대체 누구일까?' 아우구스트는 전혀 알 수가 없었다.

장사꾼들은 길의 상태와 날씨에 대해 또 불평했지만 내심 기분이 좋은지 즐거워했다. 그들은 자주 웃고 상스러운 말을 할 때도 기분이 좋은 듯했다. 그리고 짐꾼들에게 좋은 새해 선물을 주겠다고 약속도 했다. 인 강 골짜기의 첩첩산중에서 자랐어도 영리한 아우구스트는 장사꾼들이 기분 좋은 이유가 돈 때문이라는 것을 알았다. 그래서 소년은 더욱 가슴이 아팠다.

'저들은 큰돈을 받고 히르슈포겔을 판 거야. 벌써 난로를 팔았어!'

정신이 아득해지면서 현기증과 멀미가 점점 심해졌다. 음식도, 물도 못 먹어서 자신이 곧 죽을 거라는 것을 알고 있었다. 게다가 위대한 '불의 제왕'을 산 새 주인이 아우구스트가 난로에서 살게 허락해줄 리도 없었으니까.

'괜찮아. 이대로라면 어차피 난 죽을 거니까. 히르슈포

겔이 알아주겠지.'

아이는 생각했다.

어쩌면 아주 바보 같은 아이라고 생각할지도 모르겠지만, 충직한 마음으로 마지막을 견딜 준비가 되어 있다는 것은 훌륭한 일이다.

뮌헨에서 슈타른베르크 호수(독일 바이에른주의 남부에 위치한 호수로 독일에서 네 번째로 큼)가 있는 뷔름제까지 기차로 보통 1시간 15분가량 걸렸다. 하지만 이날 아침의 여행은 눈이 발목을 잡아 평소보다 아주 느렸다. 기차는 마침내 포센호펜역에서 멈췄고, 뉘른베르크의 난로는 다시 한번 밖으로 실려 나갔다. 짐꾼들이 호수를 향해 난로를 똑바로 세워놓아서 아우구스트는 놋쇠 장식문 사이로 뷔름제를 힐끔 볼 수 있었다. 그곳은 차분하고 고요하고 폭이 넓은 호수로, 나무가 우거진 나지막한 둑으로 둘러싸여 있었고 저 멀리로 산이 보였다. 평온으로 가득 찬 평화롭고 고요한 장소였다.

시간은 거의 10시가 되어 가고 있었다. 구름 사이로 태양이 나와 맑은 잿빛 하늘이 보였다. 눈도 그쳤다. 다만

물가에는 머지않아 얼음으로 바뀔 하얗고 보드라운 눈이
사방에 펼쳐져 있었다.

아우구스트가 매끄러운 초록빛 호수를 힐끔 볼 틈도
없이 짐꾼들이 다시 난로를 들어 기다리고 있던 커다란
배에 올렸다. 여자들이라면 빨래터로 쓰고 남자들이라면
목재를 나를 때 썼을 것 같은 아주 길고 커다란 바지선이
었다. 짐꾼들은 시간과 정성을 들여 어렵사리 난로를 배
에 실었다. 오르락내리락하는 배를 탄 아우구스트는 속이
울렁거리고 어지러웠지만, 형들이 어릴 적부터 그를 던지
면서 놀아주었기에 머리를 아래쪽에 두고도 쉽게 견딜 수
있었다. 난로가 수호자들과 함께 안전하게 배에 오르자
배는 호수를 가로질러 레오니로 향했다.

바이에른 호숫가의 작은 마을에 어째서 토스카나(이탈
리아 중부 지방)식 명칭이 붙었는지 모르겠지만, 어쨌든 그
마을은 레오니라고 불렸다. 커다란 배는 오랜 시간 동안
너비가 5킬로미터 정도 되는 호수를 가로질러 갔다. 해안
에서 바지선을 밧줄로 연결해놓고 끌어당겼지만 바지선
은 움직이기 거추장스러울 정도로 무거웠다.

"늦으면 큰일인데! 그분이 11시까지 오라고 했는데……."

두 장사꾼은 초조해하며 서로 중얼거렸다.

'그분이 누굴까? 당연히 히르슈포겔을 산 사람이겠지?'

아우구스트는 생각했다.

뷔름제를 가로질러 가는 느린 뱃길은 느릿느릿하고 굼떴다. 호수는 잠잠했고 달콤한 고요가 공기와 물에 감돌았다. 마침내 끝이 났다. 하늘에 눈구름이 잔뜩 떠 있었지만, 태양은 환하게 빛나며 공기 중에 근엄한 침묵을 주고 있었다.

배 여러 척과 작은 증기선 하나가 호수 위를 오르락내리락하고 있었다. 깨끗하고 차가운 햇빛 안에서 저 멀리 알프스산맥이 보였다. 망토를 쓰고 털옷을 입은 시장 사람들이 배와 둑 위를 왔다 갔다 했다. 해안에는 검은색과 회색, 갈색이 뒤섞인 깊은 숲이 있었다. 불쌍한 아우구스트는 이 즐거운 풍경을 전혀 볼 수 없었다. 지금 난로가 누워 있는 곳에서는 커다랗고 오래된 배의 벌레 먹은 나무판자만 보일 뿐이었다.

이윽고 배는 레오니 부두에 닿았다. 건장하고 힘세 보이는 짐꾼이 불평하며 성질을 내자 장사꾼이 말했다.

"여러분, 이제 3킬로미터 정도 남았소! 사례금으로 크리스마스에는 진탕 술을 마실 수 있을 거요."

거창한 약속에 고무된 짐꾼들은 뉘른베르크 난로를 어깨에 엊었다. 터무니없이 무거운 난로의 무게에 또 툴툴댔지만, 난로 안에서 어린아이가 가쁜 숨을 몰아쉬고 있을 줄을 꿈에도 생각하지 못했다. 아우구스트는 히르슈포겔의 새 주인을 만날 생각에 마음이 떨리기 시작했다.

'만약 새 주인이 친절하고 좋은 사람으로 보인다면 난로와 함께 살게 해달라고 부탁해야지.'

아우구스트는 생각했다.

11

짐꾼들은 부두를 떠나 고된 길을 가기 시작했다. 청동 아궁이가 위로 가게 난로를 뉘어서 옮기는 탓에 아이는 아무것도 볼 수 없었다. 다만 틈새로 티 없는 잿빛 하늘이 살짝살짝 보일 뿐이었다. 아우구스트는 몸이 뒤로 기울어져 있었다. 몸집은 비록 작지만 아이는 산을 많이 타보고 빙하 틈에서 거꾸로 매달리며 놀아봤던 덕분에, 사냥꾼과 산의 안내인, 도시의 제염소 일꾼들에게 거친 대접을 받는 것에 익숙해져 있었다. 그래서 여기저기 멍들고 흔들리고, 자세도 자주 바뀌야 했지만 그리 아프거나 힘들지 않았다.

짐꾼들이 가야 할 길은 채 3킬로미터도 안 되었지만, 눈으로 뒤덮인 길은 험했고 어깨에 진 짐도 몹시 무거웠다. 장사꾼들은 걸음걸음마다 계속해서 짐꾼들을 격려했다가, 욕했다가, 칭찬했다.

드디어 시계가 11시를 쳤다. 장사꾼들은 짐꾼들에게 간청도 하고 멋진 약속도 반복했다.

날씨가 추웠는데도 짐꾼들의 이마에서는 걸을 때마다 식은땀이 흘러내렸다. 장사꾼들은 약속 시간에 늦을까 봐 두려워했지만, 짐꾼들은 원래 속도보다 조금도 서둘러 가려고 하지 않았다. 짐꾼들은 네발짐승이 아니었기에 채찍을 휘두르고 싶어도 그럴 수가 없었다.

초조한 장사꾼들에게도, 터벅터벅 걸어가는 짐꾼들에게도, 짐꾼의 걸음걸음마다 오르락내리락하는 난로 안의 작은 사내아이에게도 길은 끔찍하게 길었다.

아우구스트는 그들이 어디로 가는지 도무지 알 수가 없었다. 청동 문짝 사이로 들어오는 신선하고 차디찬 바람에 얼굴이 얼얼하게 굳어 아무런 감각이 없어졌다. 또 자기 몸뚱이를 지고 가는 짐꾼들의 움직임으로 보아 아마도 언덕이나 계단을 오르는 것 같았다. 잠시 후 여러 사람의 목소리가 한꺼번에 들렸다. 하지만 아우구스트는 뭐라고 하는지 알아들을 수가 없었다.

소년은 짐꾼들이 한동안 멈춰 있다가 다시 움직이는 게 느껴졌다. 짐꾼들의 걸음이 부드러워져서 '카펫 위를 걷고 있나 보다' 하고 생각했다. 따뜻한 공기가 흘러들어오는 걸 느낀 아우구스트는 자기가 따뜻한 실내에 있다는 결론을 내렸다. 몹시 배고프고 목이 말라서 텅 빈 뱃가죽이 등에 붙는 것 같았지만, 영리한 아이는 그 정도는 충분히 추측할 수 있었다. 짐꾼들이 오랫동안 계속 걸은 것으로 봐서 아주 많은 방을 지나왔다고 생각했다. 마침내 난로가 자리를 잡아서 다행히 발을 아래로 내려놓을 수 있었다.

아우구스트는 인스부르크에서 봤던 것 같은 어떤 박물관에 온 것이 아닐까 생각했다. 숨죽여 말하는 소리가 들렸다. 발걸음 소리가 점점 멀어졌고 히르슈포겔과 함께 홀로 남겨졌다. 아우구스트는 감히 청동 아궁이를 열고 밖을 볼 수가 없었다. 그래도 놋쇠 장식 틈으로 살짝 내다보았다. 머리에 황금 왕관을 얹은 상아를 조각한 커다랗

199

고 하얀 사자 머리가 보였다. 사자 머리는 벨벳 팔걸이의
자의 장식품이었는데 아이에게 의자는 보이지 않고 단지
상아 상자만 보였다. 방 안의 공기에는 달콤한 꽃향기가
섞여 있었다.

"어떻게 12월에 꽃이 있을 수 있지?"

아득히 먼 곳에서 소형 피아노의 음악이 들려왔다. 전
사들의 합창처럼 음색이 풍부하며 꿈결 같은 느낌이 들
었다. 아우구스트는 히르슈포겔의 말을 떠올리며 '이곳이
박물관이 아니라 천국인 걸까?' 하고 생각했다.

"우리가 진짜 주인에게 돌아온 걸까?"

주변은 아주 고요했다. 멀리서 들려오는 합창 소리 말
고는 아무 소리도 들리지 않았다.

아우구스트는 전혀 몰랐지만, 그는 지금 베르크의 왕실
에 와 있었고 그가 들은 것은 바그너(독일 작곡가로 1864년
루드비히 2세의 초청으로 뮌헨에 정착)의 음악이었다. 바그
너는 〈파르시발〉(볼프람 폰 에바흐가 쓴 독일 중세 궁정 대서
사시에 곡을 붙인 작품)의 모티브 중 몇몇을 멀리 떨어진 방
에서 연주하고 있었다.

200

이윽고 근처에서 가벼운 발걸음 소리가 나더니, 바로 뒤에서 낮은 목소리로 "역시!" 하는 나지막한 음성이 들렸다. 소년은 그것이 히르슈포겔의 아름다움을 인정하고 놀라는 탄성이 틀림없다고 생각했다.

한참 후에 그 목소리가 다시 말했다. 아우구스트는 새로운 사람이 놀라운 불의 탑을 자세히 관찰한 후에 말하는 것이 틀림없다고 생각했다.

"잘 샀군. 아주 아름다워! 의심할 여지 없이 아우구스틴 히르슈포겔의 작품이야."

그러더니 그 사람의 손이 놋쇠 문의 손잡이를 돌렸다. 안에서 떨고 있던 가여운 소년의 흐릿해져 가던 정신은 공포로 한층 더 아득해졌다.

결국 손잡이는 돌려졌고 아궁이 문은 천천히 열렸다. 누군가가 몸을 숙여 안을 들여다보았다. 조금 전 난로의 아름다움을 칭찬했던 바로 그 목소리가 어이없다는 듯 말했다.

"이 안에 있는 게 무어냐? 살아 있는 아이 아닌가!"

그때 아우구스트는 자제력을 잃을 만큼 잔뜩 겁을 집

어먹은 데다 한 가지 생각에 몰두해 있었다. 그는 난로에서 나와 그 사람의 발밑에 몸을 던졌다.

"오, 선생님, 여기 있게 해주세요! 부탁합니다. 존경하는 선생님, 제발 여기 있게 해주세요! 저는 히르슈포겔과 함께 여기로 왔어요!"

아이는 울먹이며 말했다.

몇몇 신사들이 전혀 신사적이지 않게 아우구스트를 잡아 올렸다. 그러고는 성난 목소리로 소년의 귀에다 대고 속삭였다.

"망할 녀석! 조용히 해! 입 다물어! 이분은 국왕이시다!"

그들은 마치 아우구스트가 독이 있는 위험한 짐승이며 그곳에 살인하러 온 것처럼 대했다. 하지만 난로 안에서 들렸던 목소리가 친절하게 말했다.

"불쌍한 것! 아주 어린 아이로구나. 아이를 놔줘라. 무슨 말을 하는지 들어보겠노라."

왕의 말은 신하들에게 법이었다. 그래서 몹시 놀라고 화가 났던 신하들은 하는 수 없이 아우구스트를 잡았던 손을 풀었다. 아우구스트는 낡은 양가죽 코트를 입고 흙이 잔뜩 묻은 부츠를 신었으며 곱슬머리는 산발을 한 채였다. 아이는 그렇게 꿈에서도 본 적 없는 아주 아름다운 방에서, 잘생긴 구릿빛 얼굴에 꿈과 열정이 가득한 눈을 한 젊은 남자 앞에 섰다.

"아이야, 어쩌다 난로 안에 숨어서 여기까지 오게 되었느냐? 두려워하지 말거라. 진실을 말해보거라. 나는 이 나라의 왕이다."

젊은 남자가 아이에게 말했다.

아우구스트는 본능적인 존경심에 색 바랜 금장 장식이 달린 낡고 커다란 검정 모자를 벗어서 바닥에 던졌다. 그리고 작고 까무잡잡한 두 손을 맞잡고 애원했다. 히르슈포겔에 대한 아우구스트의 사랑은 절절했고, 그래서 부끄러운 것도 몰랐다. 아우구스트는 히르슈포겔에 대한 사랑 때문에 들떠서 왕의 위엄도 전혀 두렵지 않았다. 단지 그분이 왕이어서 아주 아주 기뻤다. 왕은 항상 자비로우니까. 왕을 사랑하는 티롤 사람들은 그렇게 생각했다.

"오, 왕이시여!"

희미하고 조그만 목소리에 떨리는 애원을 담아 소년은

말했다.

"히르슈포겔은 우리 가족이었습니다. 우리는 살아오는 내내 이 난로를 사랑했어요. 하지만 아버지가 파셨어요. 난로가 진짜로 우리 집을 떠나는 것을 보면서 저는 난로를 따라가기로 다짐했어요. 여기까지 내내 난로 안에 숨어서 왔어요. 지난밤에는 난로가 아름다운 말을 해주었어요. 간청하옵건대 저를 난로와 함께 살게 해주세요. 저는 매일 아침 난로와 폐하를 위해 나무를 해오겠어요. 저를 난로 옆에 살게만 해주신다면요. 제가 나무를 해올 만큼 자란 뒤로는 항상 제가 난로에 땔감을 넣었어요. 그리고 난로는 절 사랑해요. 정말이에요. 지난밤에 그렇게 말해줬어요. 그리고 난로는 그 어떤 왕궁에 있는 것보다 우리와 함께 있는 게 더 행복하다고 틀림없이 말했습니다."

아우구스트가 떨면서 작고 희미한 목소리로 간청했다. 잠시 후 숨이 차서 말을 멈춘 아우구스트는 간절함을 담은 작고 창백한 얼굴로 젊은 왕을 바라봤다. 아이의 뺨에 굵은 눈물이 흐르고 있었다.

왕은 시적이고 흔치 않은 일을 좋아하는 사람이었다. 아이의 얼굴에는 왕을 흐뭇하게 하고 가슴 뭉클하게 하는 구석이 있었다. 왕은 신하에게 아이를 놔두라고 손짓했다.

"네 이름이 무어냐?"

왕이 물어보았다.

"저는 아우구스트 슈트렐라예요. 제 아버지는 카를 슈트렐라입니다. 우리는 인 강 골짜기의 할이라는 작은 마을에 살아요. 그리고 히르슈포겔은 오랫동안 우리 집에 있었고 우리 거예요. 아주 오랫동안이요!"

아우구스트는 터져 나오는 울음을 참으려 입술을 일그러트리며 말했다.

"티롤에서 여기까지 오면서 계속 난로 안에 숨어 있었다는 게 정말이냐?"

"네, 폐하가 들여다보기 전까지 아무도 안을 들여다보려고 하지 않았어요."

아우구스트가 말했다.

왕이 껄껄대며 호탕하게 웃었다. 그러다가 불쑥 어떤 생각이 떠올라 아이에게 물어보았다.

"누가 그 난로를 네 아버지에게서 샀느냐?"

"뮌헨의 장사꾼이요."

보통 사람들에게 말하듯이 왕에게 말하면 안 된다는 것을 아우구스트는 알지 못했다. 아이의 작은 머리에는 한 가지 생각만 어지럽게 소용돌이치고 있었다.

"그들이 네 아버지에게 얼마를 줬는지 알고 있느냐?"

왕이 물었다.

"200플로린을 받았어요. 그 정도면 큰돈이에요. 아버지는 몹시 가난하고 자식도 많아서……."

아우구스트가 부끄러워서 긴 한숨을 푹 쉬며 말했다.

"뮌헨의 장사꾼이 난로와 함께 왔느냐?"

왕이 기다리고 있는 신하에게 물었다.

신하들이 그렇다고 대답했다. 왕은 신하들에게 장사꾼들을 찾아서 데려오라고 일렀다. 시종들이 장사꾼들을 찾으러 간 사이, 왕은 아우구스트를 측은한 눈빛으로 쳐다보았다.

"얼굴이 창백하구나, 아이야. 마지막으로 식사를 한 게 언제였느냐?"

"빵과 소시지를 갖고 난로에 들어갔어요. 어제 오후에

그걸 다 먹었어요."

"지금 뭘 좀 먹겠느냐?"

"물을 조금 주시면 감사하겠습니다. 목이 몹시 마르거든요."

왕은 소년을 위해 물과 케이크를 가져다주었다. 아우구스트는 허겁지겁 물을 마셨지만 케이크는 삼킬 수가 없었다. 오직 히르슈포겔에 대한 생각뿐이어서 음식도 눈에 들어오지 않았다.

"히르슈포겔과 함께 있어도 될까요? 그래도 돼요?"

아우구스트는 몹시 흥분해서 불안해하며 물었다.

"잠시만 기다려라."

그리고 왕은 뜻밖에 이런 질문을 했다.

"너는 어른이 되면 뭐가 되고 싶으냐?"

"화가가 되고 싶어요. 저는 아우구스틴 히르슈포겔처럼 되고 싶어요. 제 말은 그러니까 나의 히르슈포겔을 만든 위대한 도예가 말입니다."

"알겠다."

왕이 대답했다.

그때 신하들이 장사꾼 두 명을 데려왔다. 아우구스트처럼 순진하거나 무지하지 않은 장사꾼들은 도살장에 끌려들어가는 소처럼 벌벌 떨고 있었다. 게다가 그들은 신하에게서 티롤에서부터 한 아이가 난로 안에 들어가 따라왔다는 말을 전해 듣고, 너무 놀라서 무슨 말을 해야 할지, 어느 곳을 봐야 할지 모른 채 어안이 벙벙했고 바보처럼 얼이 빠져 있었다.

왕이 장사꾼들에게 물어보았다.

"너희가 여기 있는 뉘른베르크 난로를 이 아이의 아버지에게 200플로린에 샀다는 게 맞느냐?"

왕의 목소리는 아이에게 말할 때처럼 부드럽거나 자상하지 않았고 몹시 엄했다.

"그렇습니다, 폐하."

장사꾼들이 떨면서 웅얼거렸다.

"그렇다면 이 뉘른베르크 난로를 구입한 관리는 너희에게 얼마를 줬느냐?"

"2,000두카트(화폐 단위로 '금화'를 의미)입니다, 폐하."

겁에 질린 장사꾼들은 사실대로 털어놓았다. 난로를 산

관리는 그 자리에 없었는데, 그는 예술에 대해 조언을 해주고 종종 왕을 위해 예술품을 구입해주는 신하였다.

왕은 엷은 미소를 지었지만 아무 말도 하지 않았다. 신하는 왕에게 난로의 가격이 1만 2,000두카트라고 했던 것이다.

"아이의 아버지에게 지불한 200플로린을 제외하고 나머지 돈은 당장 주거라. 참으로 못된 사기꾼들이구나. 더 큰 벌을 받지 않은 것을 감사히 여기거라."

왕은 부끄러운 짓을 한 장사꾼들에게 호통을 쳤다. 그리고 신하들을 시켜 장사꾼들을 내보낸 뒤, 마리엔 광장의 골동품상에게 가서 부정하게 벌어들인 돈을 되받아오게 했다.

아우구스트는 그 말을 듣고 여전히 비참했지만 눈앞이 환해지는 것을 느꼈다. 아버지에게 2,000두카트를 준다니! 이제 아버지는 제염소에서 일하지 않아도 될 거야! 하지만 금화를 받든 은화를 받든 히르슈포겔이 팔린 것은 기정사실이었다. 그래도 왕이 히르슈포겔 옆에서 살게 해주시겠지? 그러시겠지?

"오, 제발 허락해주세요!"

아우구스트가 겨울바람에 튼 작고 까무잡잡한 두 손을 모으고 젊은 왕 앞에 무릎을 꿇었다. 왕은 고통스러운 생각에 골몰해 있었다. 믿고 있던 신하가 탐욕스럽게 이득을 얻으려고 비열하고 노련하게 자신을 속였다는 사실에 마음이 아팠다.

왕은 아이를 내려다보며 다시 미소를 지었다.

"일어나거라, 아이야. 무릎은 신 앞에서만 꿇어라. 히르슈포겔과 함께 있게 해달라고? 알겠다. 그러도록 하마. 내 궁전에 머물면서 화가에게 그림을 배우거라. 유화를 그리든, 도자기에 그림을 그리든 네가 원하는 걸로 하거라. 대신 훌륭하게 자라서 매년 예술학교의 월계관을 차지하는 사람이 되어야 한다. 그러면 훌륭하게 잘해낸 상으로, 네가 스물한 살이 될 때 뉘른베르크 난로를 하사하마. 혹여 내가 죽고 없어도 내 후계자에게 그리하도록 하마. 이제 두려워 말고 이 신하와 함께 가거라. 너는 매일 아침 히르슈포겔에 불을 피워도 좋다. 하지만 나무를 하러 가지 않아도 된다."

왕이 따뜻한 목소리로 말했다. 그런 다음 웃으면서 손을 내밀었다. 신하들은 아우구스트한테 왕에게 절하고 손에 입을 맞추라는 눈치를 줬지만 아우구스트는 무슨 소리인지 통 알 수가 없었다. 아우구스트는 그저 행복했다. 양팔로 왕의 무릎을 와락 끌어안고 왕의 발에 열렬히 입 맞추었다. 그런 다음 자신이 어디에 있는지도 잊은 채, 굶주림과 피로, 북받치는 감정에 휩싸여서 정신을 잃었다. 기절해서 눈앞이 캄캄해질 때 아이는 다시 히르슈포겔의 목소리를 들었다.

"우리를 만들어준 분들에게 걸맞은 존재가 되자!"

아우구스트는 아직 배우고 있는 학생이다. 그러나 훌륭한 사람이 되어가는 행복한 학생이다. 가끔 아우구스트는 가족들이 있는 할에서 며칠 동안 머물다 오고는 했다. 아버지는 금화를 받아서 부자가 되었다. 고향집에는 왕이 도로테아와 에르멘길다에게 선물해준 하얀색 도자기로 된 뮌헨제 난로가 있었다.

아우구스트는 집에 갈 때면 언제나 대성당에 들러서

한겨울에 뉘른베르크 난로와 함께한 이상한 여행을 축복해준 신에게 감사를 드렸다. 그날 밤 골동품 가게에서 꾸었던 꿈을 절대 꿈이라고 생각하지 않았다. 아우구스트는 여전히 그 모든 것을 보고 히르슈포겔의 목소리를 들었다고 생각했다. 누가 틀렸다고 말할 수 있을까? 남들이 보지 못한 것을 보고 남들이 듣지 못하는 것을 듣는 것이야말로 바로 시인과 예술가들의 타고난 재능이 아닐까?

작품 해설

　일본 애니메이션 〈플랜더스의 개〉의 원작으로 잘 알려진 이 소설은 영국의 여류작가인 위다의 작품이다. 위다는 1839년 1월 1일 영국 서퍽주에서 태어났다. 그녀의 본명은 '마리 드 라 라메'로 어머니는 영국인이었지만 프랑스인이었던 아버지의 영향으로 지어진 이름이었다. 어린 시절 프랑스에서 거주한 적도 있지만 아버지가 돌아가신 뒤에는 어머니와 함께 런던으로 돌아와 영국에서 살았다.

　1860년『그랜빌 포도밭』이 월간지에 실리게 되면서 작가로 데뷔하였고, 이후 1863년에 이 소설은『속박』이라는 책으로 출간되었다. 그녀는 자신만의 시각으로 많은 소설을 집필했는데, 그중에서도 1867년에 쓴 『두 깃발 아래』
는 많은 인기를 얻어 연극으로 제작되었으며 영화로도 만
들어졌다. 그리고 그녀의 명성을 더욱 높인 작품이 바로
1872년 출간된 『플랜더스의 개』다. 이 작품은 19세기의 가
장 인상적이고 감동적인 어린이 문학 중 하나로 손꼽힌다.

『플랜더스의 개』는 어린 시절 위다기 아버지에게 들은
플랜더스 지방의 구전 이야기에서 영감을 얻었다고 한다.
그녀의 아버지가 플랜더스 지방을 여행하다 '플랜더스의
개'에 대한 이야기를 듣게 되고 그것을 자신의 딸에게 들
려주었다. 이 작품의 부제목은 '크리스마스 이야기'였다.
그리고 주인공 넬로라는 이름은 '니콜라스'의 애칭으로
'산타클로스'의 원래 이름인 '세인트(성) 니콜라스에서 따
온 것이었다.

이 작품은 평생 힘에 부치는 일만 하다가 길 위에서 죽
어가는 가여운 플랜더스 지방의 개들의 처참한 숙명을 안
타까워하는 작가의 시선이 담겨 있다. 또한 넬로가 어려운
처지에 점점 빠져들수록 더욱 거세지는 인간들의 사리사욕
과 부당함을 아이의 따스한 시선으로 보여준다. 그래서 더

비극을 극대화하며 독자들을 슬픔으로 인도한다.

　아마도 작가는 홀대를 받으면서도 주인에게 충직한 플
랜더스의 개들에 반하여, 자기들의 이익에 따라 쉽사리
변하는 인간의 얄팍한 인정을 꼬집어주고 싶었는지도 모
른다. 코제 씨의 이기심, 위대한 화가의 그림을 돈을 받고
보여주는 성당 사람들의 욕심, 부유한 지주와 마을 사람
들의 이해관계, 미술 대회에서 공정하지 못한 심사를 한
심사원의 편견 등 이 모든 것이 순수한 넬로를 죽음으로
몰고 가고 말았다.

　또한 위다는 루벤스의 작품을 보고 영감을 받아『플랜
더스의 개』를 집필했다고도 밝혔다. 그래서 넬로의 소망
이 성당에 걸려 있는 루벤스의 작품을 보는 것이었고, 넬
로 자신도 루벤스 못지않은 화가가 되는 것이 꿈이었다.
넬로는 자신의 마지막 순간에 그의 작품을 보며 환희에
빠지게 되었으며 작품 아래서 자기 죽음을 편안하게 맞이
하게 되었다.

　위다가 가진 예술에 대한 열정적인 시각을 드러낸 또
다른 작품은 후편에 실린『뉘른베르크의 난로』다.『플랜

더스의 개』보다 훨씬 더 동화적인 요소를 많이 갖춘 작품으로 주인공이 겪는 신비로운 체험을 그려냈다.

이 작품은 여름이면 알프스산에서 목동 노릇을 하고 겨울이면 학교에 다니는 한 가난한 집의 소년 아우구스트와 그 소년이 세상의 그 무엇보다 귀하게 여기는 도자기 난로 히르슈포겔의 이야기다.

넬로가 루벤스에 빠진 것처럼 아우구스트는 히르슈포겔에 사로잡힌다. 그래서 난로를 찬양하며 난로가 팔려 가는 길에 몰래 숨어들어 동행한다.

이 소설의 독자들은 맹목적으로 난로를 사랑하는 아우구스트의 여정을 보며 행여 비극적으로 끝나지 않을까 걱정했을 것이다. 그러나 작가는 아이의 순수한 마음과 예술을 제대로 볼 줄 알고 이를 사랑하는 마음을 향해 따스한 시선을 보낸다. 아우구스트는 진실을 꿰뚫어볼 줄 아는 왕을 만난 덕분에 슬픈 비극을 맞지 않았다. 넬로와 다르게 아우구스트는 도예가가 되려는 꿈을 펼칠 기회를 얻게 되고 히르슈포겔은 자신의 가치를 아는 사랑하는 주인을 잃지 않게 된다.

두 작품을 통해 작가는 무엇을 말하려고 한 것일까? 예술을 사랑하는 마음과 이를 포기하지 않는 마음 그리고 인간들이 만드는 세상의 부조리를 한편은 비극으로, 다른 한편은 희극으로 보여주며 삶에 대한 반성과 희망에 대한 다짐의 기회를 준다. 이 점 때문에 위다의 작품은 어린아이들을 위한 동화가 아닌 어른들을 위한 동화로도 받아들여지며 많은 이에게 사랑받는 게 아닐까.

작가 연보

1839년 영국 서퍽주 베리 세인트 에드먼즈에서 출생함.

1860년 아버지의 수입이 일정치 않았기 때문에 가난한 집
안 살림을 돕기 위해 잡지 등에 글을 발표하면서
스무 살 때부터 소설을 쓰기 시작함. 「그랜빌 포도
밭」을 월간지에 연재하면서 작가로 데뷔함.

1863년 「그랜빌 포도밭」이 3년 뒤 『속박』이라는 제목으로
출간됨. 위다의 초기 작품은 바이런의 영향을 받
아서 감상적인 정서를 중시하는 낭만주의적 경향
을 보임.

1865년 『스트라스모어 계곡』을 출간함.

1867년 런던의 랭햄 호텔에서 머물며 『두 깃발 아래서』를
집필함. 출간 후 연극과 영화로 만들어질 정도로
많은 인기를 얻음. 5성급 호텔과 꽃가게의 청구서
를 손쉽게 처리할 수 있을 정도로 많은 돈을 벌었
고, 호텔에서 군인과 정치인, 오스카 와일드, 로버
트 브라우닝, 존 밀레이 같은 예술가를 초대해 파
티를 엶.

1871년 어릴 적 아버지에게 들었던 벨기에의 구전 이야기
를 모티브로 소설을 쓰기 위해 벨기에 안트베르펜
으로 여행을 감. 그곳에서 루벤스의 그림에 심취
하여 루벤스의 그림과 평소에 좋아하는 개를 주인
공으로 「플랜더스의 개」를 쓰기 시작함.

1872년 위다의 작품 중 가장 유명한 『플랜더스의 개』를
출간하여 큰 호평을 얻음. 19세기 중후반 영국에
서 최고의 인기를 누림.

1874년 생애 대부분을 영국 런던에서 지내던 그는 이탈리
아를 여행한 후 어머니와 함께 이탈리아 피렌체에

영구 정착함.

1880년 『나방』을 출간함.

1883년 『오후』를 출간함.

1893년 『새로운 사제들: 동물 실험에 반대하며』를 출간함.

1895년 『뉘른베르크의 난로』를 출간함.

1908년 동물을 무척 사랑했던 위다는 말년에 30여 마리의
개들과 함께 지냄. 그러나 재정 관리를 잘하지 못
했고, 사치스러운 생활로 가산을 탕진함. 말년에
는 얼마 되지 않는 연금으로 연명하다가 69세의
나이에 폐렴으로 인해 사망함.